P9-EDS-930

La escritura desatada
destos libros da lugar
a que el autor pueda mostrarse épico,
lírico, trágico, cómico, con todas
aquellas partes que encierran en sí las
dulcísimas y agradables ciencias
de la poesía y de la oratoria;
que la épica tan bien puede escribirse
en prosa como en verso. ✍

MIGUEL DE CERVANTES
El Quijote I, 47

LAS GALLINAS LOCAS Y EL AMOR

CORNELIA FUNKE

LAS GALLINAS LOCAS Y EL AMOR

Traducción de María Alonso

EDICIONES B

Barcelona • E México D. F.
Montevideo • Quito • Santiago de Chile

Título original: *Die Wilden Hühner und die Liebe*
Traducción: María Alonso
1.ª edición: abril, 2007
Publicado originalmente en 2003 en Alemania
por Cecilie Dressler Verlag GmbH & Co. KG
Ilustraciones de cubierta e interiores: Cornelia Funke

Bailén, 84 - 08009 Barcelona (España)
www.edicionesb.com
www.wilde-huehner.de

Impreso en España - Printed in Spain
ISBN: 978-84-666-3052-8
Depósito legal: B. 10.044-2007

Impreso por LIMPERGRAF, S.L.
Mogoda, 29-31 Polígon Can Salvatella
08210 - Barberà del Vallès (Barcelona)

A las Gallinas Locas de Anna.
Y a Vanessa, que fue la primera en leer este libro.

La madre de Sardine conducía el coche como si se tratara de un bólido. Ya se había saltado un semáforo en rojo y aceleró para llegar al siguiente, que ya llevaba un buen rato en ámbar.

—¡No te da tiempo! —exclamó Sardine.

La gente desfilaba en manga corta por la calle junto a los escaparates de las tiendas, y el cielo era tan azul que parecía recién pintado. Hacía un día perfecto para ir, por ejemplo, a comer un helado, pero no para salir a ver un dichoso...

—Claro que me da tiempo. —Su madre pisó el acelerador a fondo, pero el semáforo cambió. Pegó un frenazo tan brusco que a Sardine se le incrustó el cinturón de seguridad en el pecho.

—¡Mamá! ¿Es que quieres que te retiren el permiso de conducir? De todas formas vas a llegar tarde.

Su madre se echó un vistazo en el retrovisor y se quitó una mancha de pintalabios de los dientes con la lengua.

—Sí, ¿no me digas? ¿Y de quién es la culpa de que lleguemos tarde? ¿Quién se ha puesto en el último momen-

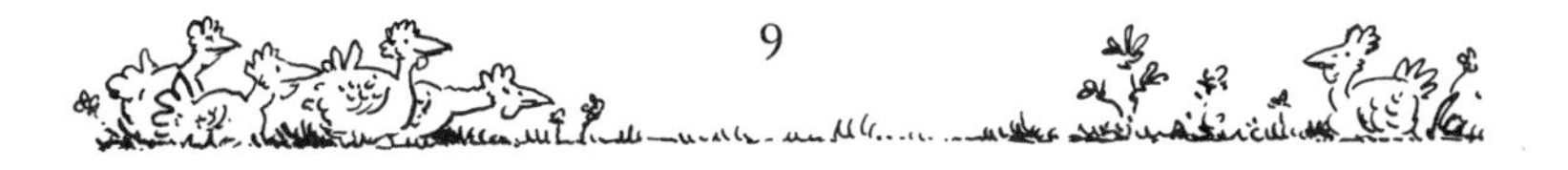

to a llamar por teléfono a todas sus amigas y se ha pasado media hora buscando unos pantalones de tigre destrozados con los que cualquier persona normal no se atrevería a salir a la calle?

Sardine pasó la mano por los pantalones, que a decir verdad habían tenido mejor aspecto en otros tiempos, y miró por la ventanilla. El taxi olía a humo frío y a personas desconocidas.

—No me apetece, pero que nada, ir a ver trajes de novia. Y a ti tampoco te apetecía todo eso antes de...

No terminó la frase: «Antes de que apareciera el señor Sabelotodo, antes de que saliera el tema de la boda, cuando nadie leía revistas de coches en nuestro cuarto de baño, y yo dormía en la habitación grande.» No hacía falta que Sardine lo expresara en voz alta. La madre era muy consciente de lo que pensaba la hija, y se sentía culpable por ello, lo cual no contribuía precisamente a subirle el ánimo. Lanzó una mirada sombría al retrovisor y se apartó el pelo de la frente.

—¡Siento muchísimo haber cambiado de opinión! ¡Ya sé que a ti eso no te pasará jamás! ¡Dios mío! ¡Si por eso quería que me acompañaras! Para que me ayudaras a escoger. Ya que siempre me estás diciendo cómo tengo que vestir...

El semáforo se puso en verde, y el conductor del coche que tenían detrás, un tipo calvo que apenas levantaba un palmo del volante, tocó la bocina con impaciencia al ver que la madre de Sardine no arrancaba.

—Voy, voy, tranquilo. Mira a ese enano gruñón. ¡Jolín! ¡La cantidad de enanos gruñones que andan por ahí sueltos!

Su madre cambió de carril tan bruscamente que el cal-

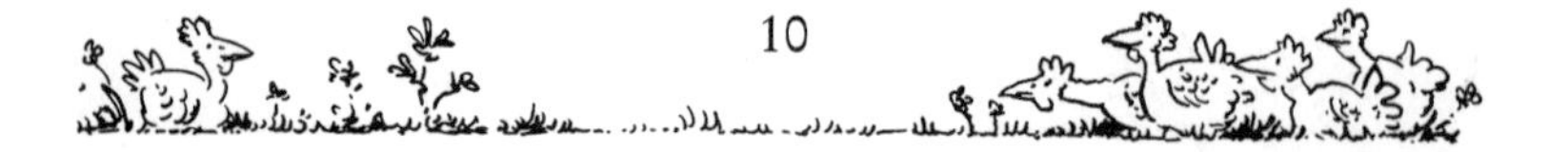

vo le hizo un corte de mangas, pero ella ni siquiera se percató. Hacía días que estaba así, concretamente desde que ella y el señor Sabelotodo habían fijado la fecha de la boda.

—Es que no me entra en la cabeza. —Sardine se había prometido a sí misma que no volvería a mencionar el tema, pero no podía evitarlo—. ¿Por qué tienes que casarte con él? Como si no tuviera bastante con aguantarlo cada dos días y... —Se mordió la lengua. Ya estaba bien.

Su madre agarró el volante tan fuerte que los nudillos se le pusieron blancos. Como si Sardine no supiera que todo aquello era cosa del señor Sabelotodo... Él estaba como loco por casarse y por toda la parafernalia de la boda, y por eso estaban allí, por eso tenían que dedicar esa maravillosa, apacible y espléndida tarde de primavera a ver trajes de novia. No por la madre de Sardine, que se había puesto falda, como mucho, cinco veces en su vida, y ya no digamos un vestido...

—Dice que quiere verme puesto uno de esos chismes —murmuró—. Está convencido de que me sentará de maravilla.

Sardine se imaginaba cómo la había mirado al decírselo. Cuando el Sabelotodo se ponía romántico estaba de lo más ridículo, pues parecía que la cara se le derretía como un trozo de mantequilla al sol. Con esa mirada era capaz de convencer a la madre de Sardine de cualquier cosa, hasta de casarse de blanco y organizar una boda por todo lo alto, como le gustaba decir a él.

Hacía ya casi un año que estaban juntos. Hasta entonces ningún otro hombre se había apalancado durante tanto tiempo en sus vidas. Sus revistas de coches estaban junto al váter, su peine lleno de pelos en el lavabo, y por las mañanas se comía la Nutella de Sardine para desayunar.

Aunque tampoco podía decirse que viviera con ellas. Dos o tres días por semana dormía en su casa, si a eso se le podía llamar casa, justo enfrente de la autoescuela, pero estaba claro que después de la boda las cosas cambiarían. Como parte de los preparativos para el gran día, Sardine había tenido que cambiarse de habitación, porque la cama de matrimonio que había comprado el Sabelotodo no cabía en el dormitorio de su madre.

Sardine apoyó los pies en el salpicadero. Habían llegado a la tienda. No parecía muy grande. En el escaparate, dos maniquíes vestidos de novia contemplaban la primavera con una sonrisa vacía, y en la puerta esperaba el Sabelotodo. Justo cuando pasaron por delante, él consultaba el reloj.

—¡Voy a llegar tarde! —exclamó Sardine mientras su madre aparcaba junto a la acera. Sólo le faltaba eso. Había quedado con Fred a las cinco. Querían ir al cine con Frida. «Pobre de ti como llegues tarde», la había amenazado Fred aquella misma mañana en el colegio. «Como no llegues puntual nos vamos Frida y yo solos al cine y nos sentamos atrás del todo, en la fila de los que se besuquean.»

Sardine le había pegado un pellizco y se había reído. Al fin y al cabo era una tontería tener celos de su mejor amiga. Aunque a veces uno hace tonterías, por mucho que quiera evitarlo. Y últimamente Fred y Frida pasaban bastante tiempo juntos, porque él necesitaba ayuda con las mates, y Melanie le había recomendado que se lo pidiera a Frida. Ese día habían quedado para estudiar, y Sardine no quería llegar tarde al cine por nada del mundo. Y menos aún por el dichoso traje de novia.

El señor Sabelotodo lucía, cómo no, uno de sus es-

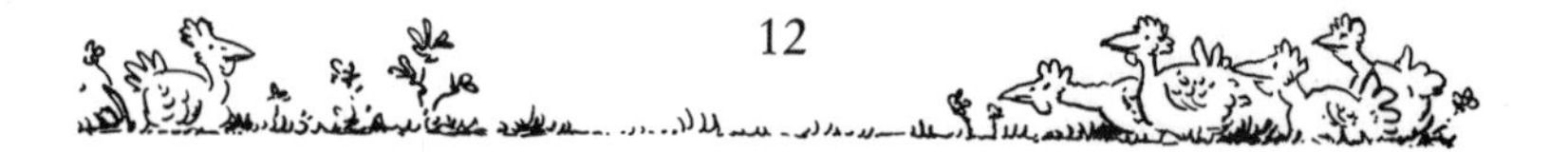

pantosos jerséis estampados (Fred los llamaba JPD: Jerséis de Periodista Deportivo). Debía de llevar un buen rato esperando, porque siempre era puntual o, mejor dicho, siempre llegaba al menos quince minutos antes de la hora.

Parecía igual de nervioso que la madre de Sardine. Se pasaba la mano por el pelo una y otra vez, mirando hacia todas partes.

—¡Ya era hora! —exclamó al verlas—. Pensaba que no veníais.

—Madre mía, ¿no habrá algún remedio para curar esa fastidiosa obsesión por la puntualidad? —masculló la madre de Sardine mientras caminaban hacia él—. A lo mejor debería retrasarle el reloj para ver si así llega tarde de vez en cuando, ¿no te parece?

Sardine contuvo una risita. Ella lo había pensado más de una vez.

—¿De qué os reís? —El Sabelotodo se quedó mirándolas con recelo cuando se detuvieron junto a él—. ¿No os estaríais metiendo conmigo otra vez?

—¡Qué va! ¡No hemos dicho ni mu! —respondió la madre de Sardine, y le dio un beso.

Sardine odiaba salir de compras. Se aburría como una ostra yendo de tienda en tienda y probándose pantalones que sentaban fatal. De vez en cuando, si a Frida o a Melanie les parecía que la jefa de la pandilla necesitaba en su armario algo más que unos pantalones de tigre destrozados y otros de montar con rodilleras, una de las dos se la llevaba de compras. Melanie no se cansaba de intentar convencer a Sardine; para ella no había nada mejor que revolver los estantes de ropa en busca de una camiseta original, pero a Sardine le parecía una pérdida de tiempo.

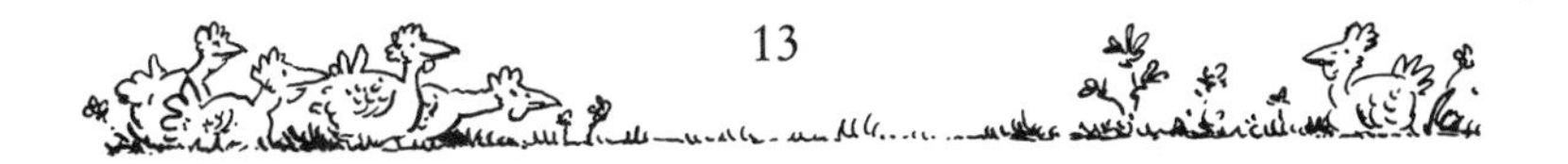

Se sentía especialmente incómoda en las tiendas donde la dependienta aborda al cliente y le pregunta qué desea nada más cruzar la puerta, y la tienda de trajes de novia tenía pinta de ser de ésas. Al otro lado de la pesada puerta el aire estaba impregnado de un olor todavía más dulzón que el del perfume con el que se rociaba Melanie antes de una cita con un chico. Eran los únicos clientes, y estaba claro que la dependienta los esperaba. Sardine se sentó en una de las sillas rojas acolchadas que estaban dispuestas de espaldas al escaparate y observó los maniquíes vestidos de novia mientras la dependienta guiaba a su madre y al Sabelotodo por la tienda.

Luego suspiró. Melanie no la dejaría en paz hasta que no le describiera todos y cada uno de los adornos del vestido. Se apoyó con gesto aburrido en el respaldo y acarició con el dedo el vestido que llevaba puesto el maniquí rubio del escaparate. Qué tejido tan áspero. Sardine ya se imaginaba a Melanie bombardeándola a preguntas: «¿Cómo de largo es el vestido? ¿Y el escote? Cuenta, cuenta.» Las demás Gallinas Locas no mostrarían ni la mitad de interés, más bien al contrario: Wilma empezaría a despotricar; Frida se quedaría mirando las musarañas, seguramente pensando en Maik, su novio; y Trude... bueno, Trude probablemente pondría cara de felicidad y susurraría algo así como «¡Oh, qué romántico!».

—¡Sardine!

Esa voz la devolvió a la realidad. Su madre se encontraba de pie frente a ella con una cosa blanca llena de encajes y flores de tela mientras la dependienta, con la sonrisa congelada en el rostro, revoloteaba agachada a su alrededor tratando de colocarle bien el dobladillo. A Sardine le recordó a las gallinas que picoteaban de aquí para

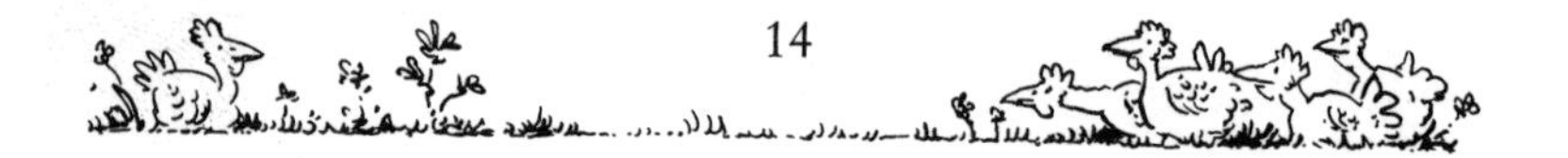

allá en el corral que habían construido junto a la caravana, el cuartel de las Gallinas Locas. Si uno les echaba hojas de diente de león, correteaban hacia allí igual de rápido que esa dependienta alrededor de su madre.

—¡A mí me gusta! —El señor Sabelotodo se sentó en una silla junto a Sardine. Irradiaba una alegría inmensa, como si deseara que su madre se dejara puesto aquel ridículo vestido blanco para siempre—. En serio, ¡me encanta! —insistió con entusiasmo—. Estás maravillosa, Sybille, absolutamente sensacional. ¿A que sí? —agregó, dándole un codazo a Sardine.

La dependienta le colocó un último fruncido y después se apartó. Luego sonrió con gesto de satisfacción, como si ayudar a las mujeres a ponerse un traje de novia fuera el trabajo más importante del mundo.

—Pues... no sé... —murmuró Sardine. La dependienta censuró su falta de entusiasmo con una gélida mirada, pero eso no logró amilanar a Sardine—. ¡No! —añadió sin inmutarse—. Es que no pareces tú misma.

—Ya, guapa, pero ése es precisamente, entre otros, el objetivo de un traje de novia —apuntó la dependienta frunciendo los labios. El color del pintalabios hacía juego con el de las uñas—. Se trata de transformar a la novia para que esté más radiante que ningún otro día de su vida.

La madre de Sardine se miró con gesto de disgusto.

—Yo no creo que estés radiante —replicó Sardine—. Creo que pareces una muñeca, mamá.

La dependienta hizo un gran esfuerzo por mantener la sonrisa, que quedó reducida a una leve curvatura de los labios. La madre de Sardine frunció el ceño, se colocó frente al siguiente espejo y se observó un instante.

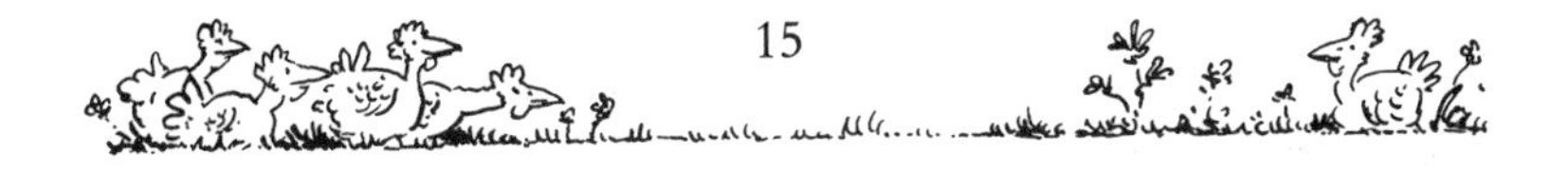

—Sí, la verdad es que tienes razón —admitió al fin tras un suspiro—. Me voy a probar otro.

Se probó otros siete vestidos, pero ni una sola vez fue capaz de ponerse de acuerdo con el señor Sabelotodo: los que le gustaban a ella no le gustaban a él, y cuando a él le convencía alguno, ella fruncía el ceño y meneaba la cabeza. A medida que iban descartando trajes, la estudiada sonrisa de la dependienta se iba desvaneciendo y, en cuanto entró otra clienta en la tienda, aprovechó para cargarle el muerto a una compañera. Pasó tiempo; mucho, mucho tiempo. Seguro que Fred y Frida ya habían salido de casa.

Cuando a la segunda dependienta se le ocurrió que tal vez la hija de la futura novia podía probarse algunos de los preciosos trajes de dama de honor, Sardine se levantó de un brinco de la silla acolchada.

—¡Mamá, yo tengo que irme! —anunció, sin hacer caso de la mirada suplicante de su madre—. Fred debe de llevar más de un cuarto de hora esperándome. —Y salió disparada de la tienda.

Ya en la calle respiró hondo. Todavía le parecía notar el regusto del ambientador de la tienda. A través del cristal del escaparate dirigió una última mirada a su madre. Ésta examinaba con desagrado las mangas abullonadas en las que en aquel momento introducía los brazos, mientras el Sabelotodo trataba de convencerla.

«¡Nunca! —pensó Sardine mientras se dirigía al cine a paso ligero—. Nunca conseguirán que me meta en uno de esos chismes. Si algún día me caso —y sólo de pensarlo empezó a notar dolor de cabeza—, me pondré mis pantalones de montar. Así al menos no tendré la sensación de llevar puesto un disfraz.»

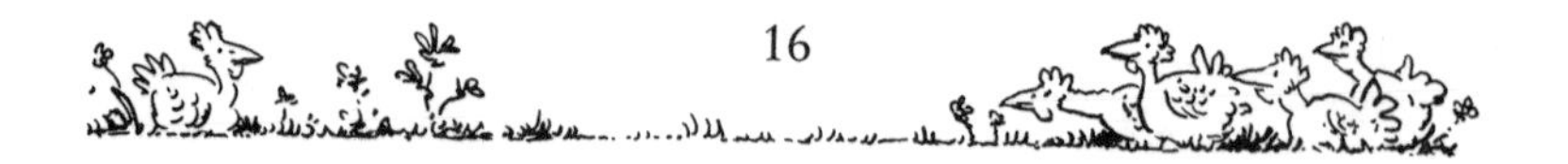

Había un buen trecho desde la tienda de trajes de novia hasta el cine preferido de Fred. Cuando Sardine llegó, casi sin aliento y con un punzante dolor en el costado, no vio a Fred por ninguna parte y, por unos terribles instantes, creyó que realmente Frida y él habían entrado sin ella. Justo en ese momento alguien le tapó los ojos desde atrás y le susurró al oído:

—Llegas tarde otra vez, jefa de las Gallinas.

Uf, qué gusto daba ver a Fred después del empacho de encajes y tul.

—¿Dónde está Frida? —preguntó Sardine, mirando a su alrededor.

—Guardando el sitio —respondió Fred, y tiró de ella hacia dentro.

En el vestíbulo de la entrada olía a palomitas calientes y aceitosas, y los carteles de las paredes despertaban la curiosidad por conocer las imágenes que aguardaban en la oscuridad. Sardine detestaba las tiendas abarrotadas de gente tanto como le apasionaba ir al cine. A veces soñaba con pasar una semana entera en una de aquellas butacas

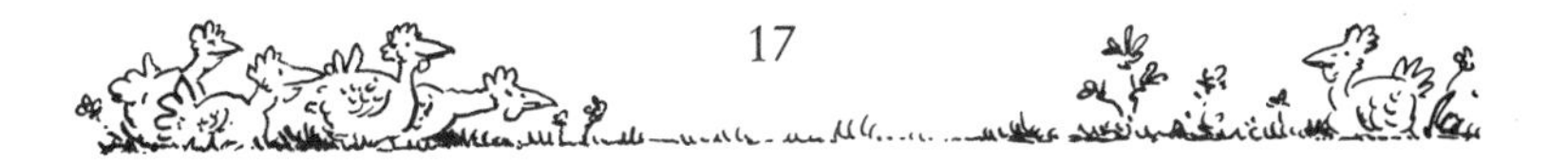

de felpa; esperar a que se apagaran las luces, a que se iluminara la pantalla, y entonces ver una película detrás de otra.

—¿Qué tal? ¿Ya ha encontrado un vestido tu madre? —preguntó Fred mientras esperaba a que le llenaran de palomitas una bolsa gigantesca.

—¡Qué va! Los que le gustaban a ella no le gustaban al Sabelotodo, y al revés. Todavía no entiendo de dónde han sacado la idea de que hacen buena pareja. ¡Si ni siquiera consiguen elegir un vestido! No se me ocurre ni una sola cosa que compartan. Son incapaces de ver juntos una película sin que uno de los dos se quede dormido. Tampoco les gusta la misma música y, cada vez que quieren irse de viaje, discuten porque cada uno quiere ir a un sitio distinto.

—Claro, por eso se atraen. Es lo que pasa con los polos opuestos. Mira, yo tampoco me pongo pantalones de montar sólo porque tú los llevas a todas horas.

Sardine intentó darle un codazo, pero Fred lo esquivó entre risas y le mostró las entradas a la señora con cara de aburrimiento que custodiaba la puerta de la sala tres.

Dentro ya se habían apagado las luces, aunque por suerte todavía estaban pasando los anuncios. Sardine odiaba perderse el principio de las películas.

Frida los estaba esperando en la penúltima fila, cómo no. Fred siempre compraba entradas para las últimas filas. A Sardine le gustaba sentarse delante, delante del todo, donde la pantalla es tan grande que uno tiene la sensación de que lo va a engullir, pero Fred prefería las filas de los besuqueos, como él las llamaba.

—¿Qué tal las compras? —susurró Frida cuando Sardine se sentó en la butaca de al lado.

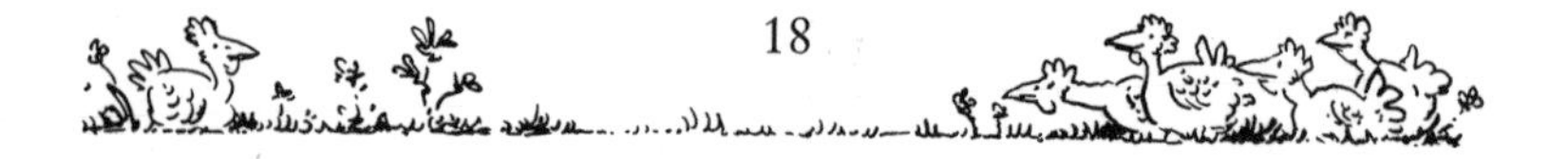

—¡No me hables! No te puedes imaginar... —De pronto Sardine se interrumpió. Al principio, con la oscuridad, no se había dado cuenta: Frida se había cortado el pelo muy corto, tan corto como un chico. Mentira, más todavía, porque hasta Fred lo llevaba más largo.

—¡No me mires así! —exclamó Frida con una tímida sonrisa—. Me queda bien, ¿no? —afirmó con cierta preocupación ante la mirada atónita de Sardine.

—¿Cuándo te lo has hecho? —Por la mañana, en el colegio, Sardine había visto a Frida con su melena de siempre. Igual de larga que la de Sardine.

—Tócamelo —le dijo Frida—. ¿A que está suave?

Sardine pasó la mano por el pelo castaño de Frida.

—Es como acariciar a un perro —comentó Sardine—. O como los pinchos de un erizo, pero blandos.

Frida soltó una carcajada.

—Me lo ha cortado Fred. Tenías que haber visto la cara que ha puesto mi madre cuando he salido de la habitación. Pero la culpa es suya. Le he dicho mil veces que quería ir a la peluquería a cortarme el pelo, y no me ha dejado.

Sardine miró a Fred boquiabierta.

—Ya ves, talentos ocultos que tiene uno —le susurró Fred al oído. Acto seguido metió la mano en la bolsa de palomitas y se llevó un puñado a la boca.

—Bueno, ahora al menos ya sé por qué no avanzas en mates. Las lecciones de peluquería no son lo que más sale en los exámenes. —Sardine no pudo evitar soltar ese comentario, aunque, nada más hacerlo, le pareció ridículo. Por otra parte... Frida era su mejor amiga, sí, claro que sí, era su amiga del alma desde siempre y para siempre, pero ya se habían enamorado del mismo chico en una ocasión

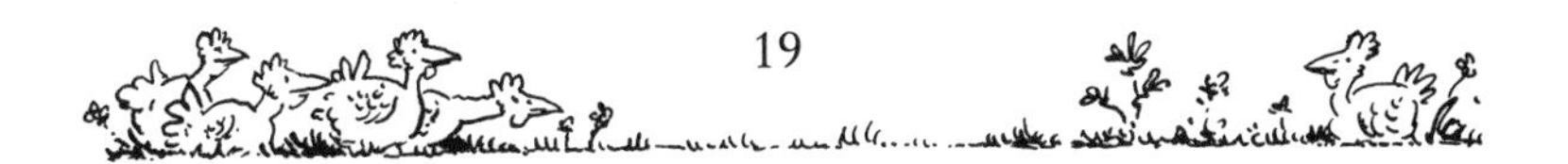

y a raíz de aquello Sardine había sufrido el primer desengaño amoroso de su vida. Tenía muy claro que no quería volver a experimentar ese sentimiento nunca más; además Maik, el novio de Frida, vivía lejos, muy lejos, y sólo se veían un fin de semana cada quince días...

—Oh, oh, ¿me equivoco o estás celosa? —Fred musitó aquellas palabras al oído de Sardine para que nadie más pudiera oírlas. Volvió a meter la mano en la bolsa de palomitas y se llevó otro puñado a la boca—. Si a mí no me van las morenas, ¿ya no te acuerdas? —le preguntó entre susurros—. Además, a Frida sólo le gustan los ases de la hípica. Y por desgracia —agregó encogiéndose de hombros con resignación—, eso no figura entre mis múltiples y magníficas habilidades.

Sardine se echó a reír. Fred siempre se salía con la suya. Una de sus extravagantes sonrisas bastaba para sacarle a Sardine cualquier espinita del alma, por muy dentro que la tuviera clavada. Sardine se sintió estúpida, sobre todo al ver la cara de preocupación con la que Frida se pasaba la mano por el pelo recién cortado.

—Lo siento —murmuró, y apoyó las rodillas en el asiento de delante—. Me estoy volviendo loca con todo ese asunto del vestido de novia. Ya no sé ni lo que...

Por suerte, la película que sucedió a los veinte interminables minutos de publicidad fue tan emocionante que Sardine se olvidó de todo por un rato: dejó de darle vueltas al tema de «cómo serán las cosas cuando el Sabelotodo viva en casa con nosotras» y apartó de su mente todas las preguntas del «por qué querrá casarse a toda costa con él». Incluso el propio Fred se quedó tan absorto mirando a la pantalla que hasta se olvidó de por qué había comprado entradas para la penúltima fila.

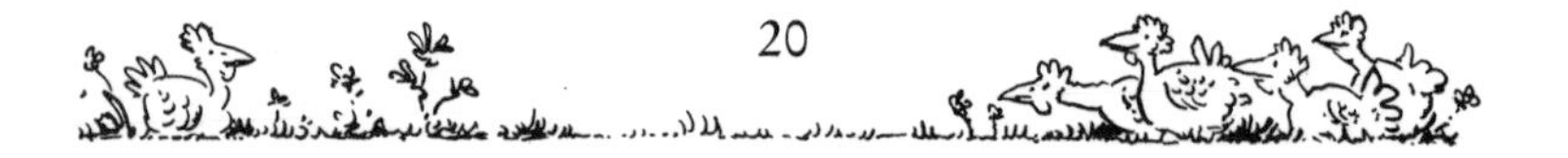

Al encenderse de nuevo las luces, todos necesitaron un rato para volver a eso que se denomina el mundo real. Fred fue el primero en levantarse para sacudirse los restos de palomitas del jersey.

—¡Eh, mirad! —exclamó mientras intentaban abrirse paso entre la multitud que avanzaba hacia el vestíbulo—. ¿No es ésa otra Gallina Loca? ¿Ofrecen algún descuento especial para Gallinas, o es que habéis decidido celebrar una reunión de pandilla en el cine?

Era Wilma a quien Fred había visto. Estaba justo enfrente, apoyada en la máquina de palomitas. La pandilla de Fred, los Pigmeos, la llamaba la Gallina Pistolera, porque bajo la chaqueta vaquera, que llevaba tanto en invierno como en verano, siempre ocultaba una pistola de agua. Wilma se había incorporado a la pandilla más tarde que las otras cuatro gallinas y desde entonces se hacía cargo de todas las tareas de espionaje con gran talento y dedicación. Cuando había algo que investigar acerca de los Pigmeos —pues lógicamente Fred no decía ni pío sobre los asuntos de la pandilla delante de Sardine—, Wilma se ponía manos a la obra. Y le resultaba tan fácil descubrir los secretos de los Pigmeos que las demás Gallinas habían llegado a sospechar en alguna ocasión que tenía el poder de hacerse invisible. No obstante, durante los últimos meses había dedicado mucho más tiempo al teatro que a los secretos de los Pigmeos. Las gamberradas a los chicos habían dejado de constituir el entretenimiento favorito de Frida y de Sardine hacía mucho tiempo, y al final Wilma había acabado adoptando la misma postura.

«Debemos de estar haciéndonos mayores», había comentado en la última reunión de pandilla de las Gallinas Locas y, a juzgar por el gesto compungido que compuso

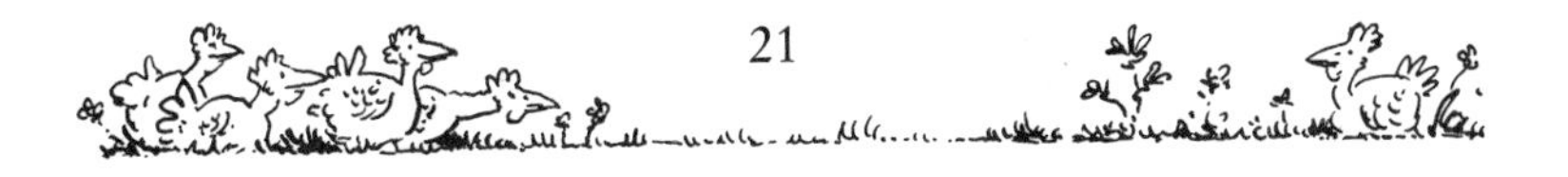

al decirlo, parecía tener la certeza de que ése era su inevitable destino.

—¿Con quién está hablando? —preguntó Frida mientras intentaba abrirse paso hacia el mostrador detrás de Fred y Sardine.

Wilma estaba tan enfrascada en la conversación que ni siquiera había reparado en Fred y en sus dos compañeras de pandilla. Melanie se habría llevado una gran decepción. La persona con la que hablaba la gallina pistolera no era un chico, sino Leonie, una chica de la otra clase que hacía teatro con Wilma. En aquel momento estaban ensayando una obra nueva; de Shakespeare, por supuesto. La profesora de teatro no quería saber nada de otros dramaturgos, y eso que algunos alumnos habían dejado el grupo precisamente por eso. Y es que los textos de Shakespeare no eran precisamente fáciles de memorizar. Sin embargo, no había nada en el mundo que Wilma hiciera con tanto gusto. Sardine no estaba del todo segura de cuál era el título de la obra que estaban ensayando. Si no recordaba mal, se llamaba *Como queráis* o *Lo que gustéis*. Algo así.

Fred se comió las últimas palomitas que quedaban en el fondo de la bolsa, la arrebujó, apuntó y se la lanzó a Wilma a la cabeza. Ella se volvió bruscamente, como si le hubieran disparado a la cara un chorro de agua con su propia pistola.

—¡Eh, Gallina Pistolera! —exclamó Fred mientras se abría paso entre dos niños que apenas le llegaban al ombligo—. Por una vez te he pillado desprevenida, ¿eh? ¡Y encima pegándosela a las Gallinas con una no-Gallina!

Por un momento pareció que realmente había pillado

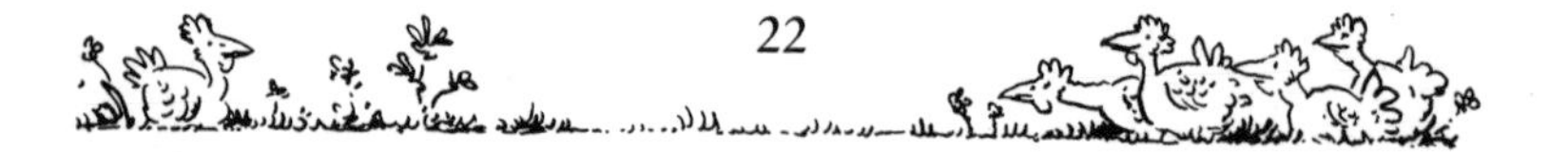

a Wilma cometiendo un delito, porque miró a Sardine y a Frida con cara de culpabilidad, como si temiera que la echaran de la pandilla en ese preciso instante.

—Pero... eh, ¿qué hacéis vosotros aquí? —tartamudeó—. Creía que Sardine tenía que ir a buscar un vestido de novia para su madre.

—Sí, sí. —Fred rodeó a Sardine con el brazo y le acarició la cabeza—. Pero lo de ver trajes la ha dejado para el arrastre, y Frida y yo hemos tenido que reanimarla.

Wilma asintió distraída mientras miraba el nuevo corte de pelo de Frida con la boca abierta, igual que había hecho Sardine.

—¿Qué te has hecho? ¡Con la melena tan bonita que tenías! Yo habría dado cualquier cosa por tener una melena así...

Frida se encogió de hombros.

—¡Ya ves! —exclamó—. Si lo llego a saber te la guardo, pero ya la hemos tirado a la basura.

La acompañante de Wilma se había quedado apoyada en el mostrador, sin decir ni mu, mientras se acababa la botella de refresco. En ese instante dejó a un lado la botella vacía y posó la mano sobre el hombro de Wilma.

—Yo tengo que irme —anunció—. Nos vemos. —Luego les hizo un gesto con la cabeza a Fred y a las dos Gallinas y desapareció entre la multitud que seguía concentrada en el vestíbulo.

—Ya la conocéis, ¿no? Vamos juntas a teatro —explicó Wilma—. Actúa muy bien. Y hemos descubierto que nos gustan las mismas películas.

—¡No está nada mal la chica! —afirmó Fred—. En serio, nada mal.

Wilma se volvió hacia él con cara de asco, como si

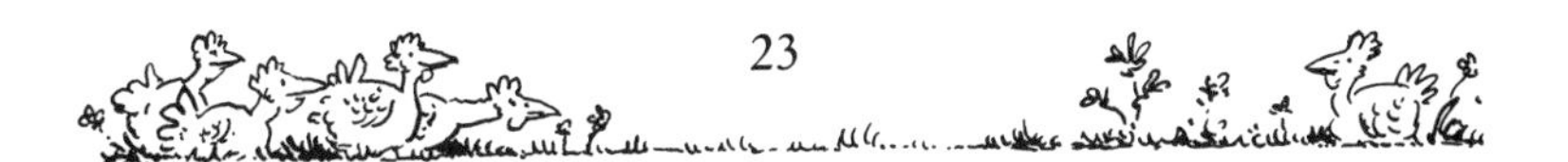

Fred fuera un terrible monstruo y le hubieran salido cuernos del pelo color zanahoria.

—Ya va siendo hora de que Sardine deje de consentirte ciertas cosas —espetó Wilma con desprecio—. ¿Tú me has visto a mí alguna vez mirar a los chicos así y soltar ese tipo de comentarios?

—¡Pues por mí no te cortes, Gallina Pistolera! —respondió Fred con una reverencia burlona—. Yo no tengo nada en contra de que las chicas me echen piropos.

Ante tanta vanidad masculina Wilma se limitó a suspirar.

Fred acompañó a casa a Frida y a Sardine, que vivían en la misma calle, a tan sólo un par de portales de distancia.

—Saluda a tu madre de mi parte —exclamó al despedirse de Sardine, mientras montaba de nuevo en la bici—. Y dile que no se tome tan a pecho lo del vestido. Seguro que el rojo o el negro le sientan mejor que el blanco.

«Más vale que no le diga eso», pensó Sardine mientras buscaba las llaves en la mochila. Ya había metido la pata suficientes veces desde que anunciaron que iban a casarse.

En el pasillo del edificio hacía frío. Entre tantas puertas cerradas no se notaba la llegada de la primavera. «¿Por qué no pintan la escalera? De amarillo o de azul quedaría mucho más agradable —reflexionó mientras abría la puerta—. De azul.»

Y de pronto sintió nostalgia de la caravana en la que las Gallinas Locas tenían su cuartel.

Las luces del pasillo estaban apagadas, pero del salón provenía un estrepitoso ruido de disparos y sirenas de la

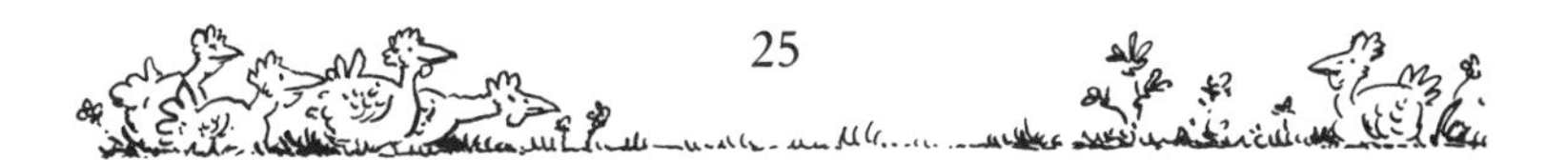

policía americana. Sardine colgó su abrigo en el perchero y suspiró hondo.

Otra vez. Su madre y el Sabelotodo habían discutido. Descarado. Cada vez que su madre discutía con alguien, ya fuera con un pasajero del taxi, con la abuela de Sardine o con uno de sus novios, se repanchigaba en el sofá a ver películas de acción. Una detrás de otra.

—¡A mí me relaja mucho! —argumentaba cuando Sardine se burlaba de ella.

Ni siquiera había encendido la luz, sólo la tele, cuyos destellos proyectaban sombras azules en el salón. La madre de Sardine estaba acurrucada en su sillón favorito (que el Sabelotodo no soportaba) con las piernas encogidas y una copa de vino tinto en la mano. La botella que había en la mesa ya estaba medio vacía.

—¡Hola, mamá! —gritó Sardine, elevando la voz por encima de los tiroteos.

Su madre pegó tal respingo que estuvo a punto de echarse el vino por encima.

—¡Ah, eres tú! —exclamó, como si estuviera esperando a otra persona.

—¿Dónde está Mossmann? —Sardine había tenido que prometer a su madre que no volvería a llamar «señor Sabelotodo» a su prometido, y desde entonces se refería a él por el apellido. Aunque, en sus adentros y cuando hablaba con Fred o con sus amigas, seguía siendo el Sabelotodo, y seguiría siéndolo por siempre jamás.

—Hemos discutido —murmuró. Levantó la botella y se sirvió un poco más de vino en la copa—. ¡He sido incapaz de decidirme por un vestido! Qué barbaridad, esas cosas cuestan más de lo que nosotras gastamos en medio año. ¡Y todo para ponérselo un día! Entonces claro, él me

ha dicho que quería pagarlo, pero así no vamos a ninguna parte. Ni hablar. En fin... El caso es que ahora quiere llevarme a otra tienda, así que ya veremos. Al final hemos hecho las paces, pero ya sabes: no le gustan las películas de acción y, si te descuidas, te suelta un sermón moralista de varias horas... Pero a mí me lo pedía el cuerpo.

Dejó la copa en la mesa con cara de pena.

—¡Vaya, hombre! ¡Ahora encima tengo dolor de cabeza! No falla. En cuanto bebo vino tinto, me duele la cabeza.

En la película acababan de cargarse a uno de los protagonistas.

—¡Menuda escabechina! —murmuró la madre de Sardine, apagó el vídeo y encendió la lámpara que había junto al sillón—. ¿Qué tal en el cine? —le preguntó a Sardine con cara de interés. Incluso intentó forzar una sonrisa.

Sardine se sentó en el sofá y bostezó.

—¡Bien! —respondió—. La peli es muy buena. Te recomiendo que vayas a verla.

Su madre asintió con gesto ausente.

—¿Y por lo demás? ¿Alguna novedad?

—Frida se ha cortado el pelo a cepillo.

—¿En serio?

—Sí, está un poco rara. Supongo que es cuestión de acostumbrarse. Ah, sí, y también nos hemos encontrado a Wilma. Había ido con Leonie al cine. Últimamente pasan un montón de tiempo juntas y Melanie empieza a sospechar que Wilma quiere meterla en la pandilla.

—¿Y por qué no?

—No sé. Cinco es un buen número para una pandilla.

«Y, por cierto, para nuestra casa, ¡dos también era un buen número! —agregó Sardine para sus adentros—. Des-

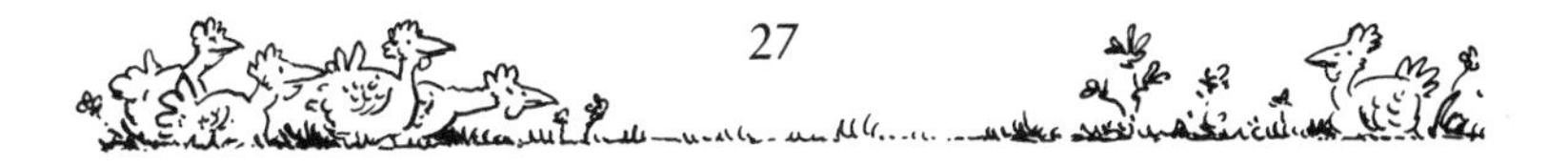

de que el señor Sabelotodo es el número tres, todo son problemas.»

Su madre se quedó mirándola como si le hubiera leído el pensamiento.

—Yo voy cumpliendo años, Sardine —dijo de pronto.

—¿A qué viene eso ahora?

Su madre tomó otro sorbo de vino, a pesar del dolor de cabeza.

—A que algún día tú te irás de casa y entonces yo me quedaré aquí sola y acabaré volviéndome tan rara como tu abuela.

—¡Qué chorrada!

—¡Ella no ha sido siempre como es ahora!

—No me lo creo.

Su madre se echó a reír.

—¡Tienes razón! —admitió—. En realidad siempre ha sido así. Al menos desde que yo la conozco. Pero en cualquier caso... no es bueno pasar demasiado tiempo solo. Uno se acaba llenando de manías.

—Pues el abuelo de Fred lleva muchos años viviendo solo y no es nada maniático.

Su madre se encogió de hombros, se terminó la copa de vino y volvió a dejarla sobre la mesa.

—Además —Sardine se paró a pensar para encontrar las palabras adecuadas—, yo no estoy diciendo que mandes a Mossmann a freír espárragos. Lo que no entiendo es... por qué te has empeñado en casarte con él.

Su madre apoyó la cabeza en el respaldo del sillón y clavó la mirada en el techo.

—Tu padre y yo... tu padre y yo tampoco nos casamos. «Tal vez más adelante», dijimos. Pero nunca hubo un más adelante.

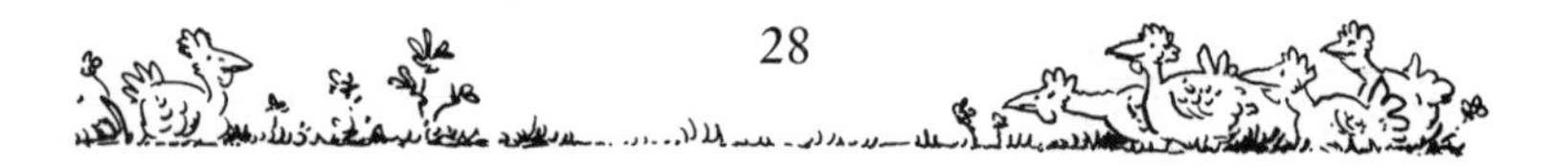

Sardine se quedó callada, convencida de que lo había entendido mal. «¿Tu padre?» Su madre jamás hablaba de su padre. Ni siquiera conservaba una foto de él, al menos que Sardine supiera.

Tardó un buen rato en recuperarse de la sorpresa. Luego dijo (y consiguió, pese a todo, dar a su voz un tono de absoluta indiferencia):

—¿Y qué? Pues ahí lo tienes. Ésa es la prueba de que casarse no tiene ningún sentido.

Su madre se limitó a cerrar los ojos.

—Dios mío, ¿por qué tiene que ser todo tan complicado? —murmuró—. A mí nadie me avisó de que todo iba a ser tan complicado. ¿Sabes cuál es la película favorita de Thorben?

Así se llamaba el señor Sabelotodo. Él insistía en que quería que Sardine lo llamara por su nombre, pero a ella le parecía un exceso de confianza.

—¿Una de coches? —preguntó Sardine.

Su madre soltó una carcajada.

—Exacto. Esa peli en la que sale un coche que habla; sabes cuál te digo, ¿no?

—¡Oh, no! —exclamó Sardine. El Sabelotodo estaba peor de lo que ella pensaba.

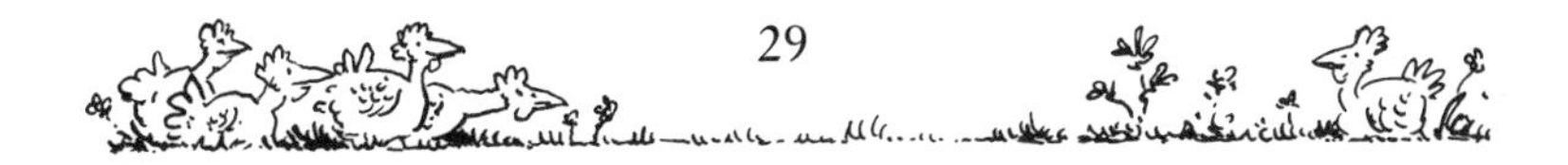

4

Al día siguiente, en el instituto, Sardine sólo tuvo que responder al interrogatorio de Trude sobre los trajes de novia. Melanie faltó a clase.

—¡Qué rabia! —protestó Trude cuando estaban todas en el patio, durante el recreo—. Yo que quería preguntaros si podíais venir esta tarde a la caravana... Mi padre me ha regalado una cámara y quería que nos hiciéramos unas fotos las cinco juntas, y sacarles fotos a las Gallinas...

Trude solía recibir bastantes regalos de su padre desde que éste se había separado de su madre y se había marchado con otra mujer. «Sí, sí, menudo chollo que tienes con el sentimiento de culpa de tu padre», acostumbraba a comentar Melanie en esas ocasiones, aunque ella bien sabía que Trude habría devuelto todos y cada uno de los regalos si a cambio de ellos hubiera podido volver atrás en el tiempo y recuperar a su padre; y eso que cuando él vivía en casa no paraba de criticar el peso, la forma de vestir y el aspecto de su hija.

Trude quería a su padre con locura, aunque él —y Wilma no se cansaba de repetirlo— no se lo mereciera.

—¡Ya ves, Wilma! —había apuntado sabiamente Frida en alguna ocasión—. El amor está tan mal repartido en el mundo como la lluvia. A unos les sobra y a otros les falta.

Wilma había escrito esa frase en una hoja de papel, la había colocado en un marco plateado y la había colgado en la puerta de la caravana. Justo al lado de las fotos de las Gallinas.

—Yo creo que podemos quedar igualmente, aunque no esté Meli —propuso Sardine—. Al fin y al cabo hoy es viernes: nada de deberes, fin de semana, buen tiempo... Y además Frida tiene una nueva receta de gofres, si es que con ese pelo todavía es capaz de cocinar...

Ese último comentario le costó a Sardine un ataque de cosquillas, y esa vez Fred, que se encontraba a tan sólo unos metros jugando al fútbol con los demás Pigmeos, no acudió en su ayuda. Torte era el único de los cuatro enanos del bosque que no estaba corriendo tras la pringosa pelota de cuero. Desde hacía ya algunos días, se pasaba todo el recreo besando a su nuevo ligue en medio del patio. Frida disfrutaba viéndolo, porque por fin él había dejado de mandarle cartas de amor. Aunque resultaba un poco sospechoso lo mucho que su nueva novia se parecía a Frida, hasta en el corte de pelo.

—Madre mía, no entiendo cómo no se cansan —murmuró Wilma, dándoles la espalda con un gesto de censura.

Seguramente Melanie habría tenido unas cuantas cosas que decir sobre esa observación, pero claro, Melanie no estaba allí.

—¡Podemos llamarla por teléfono y ya está! —propuso Frida—. Me apuesto lo que queráis a que en cuanto

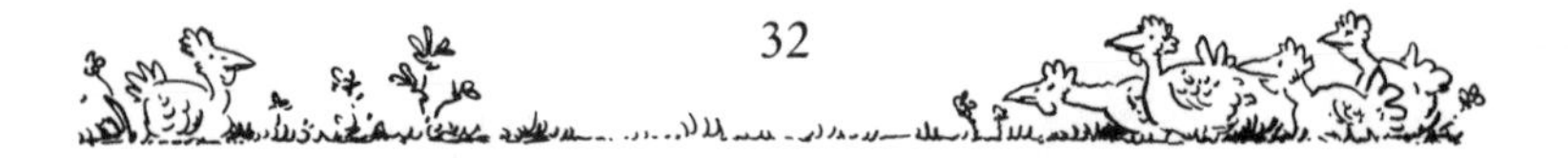

oiga la palabra «foto» se levanta de la cama de un salto. Quién sabe, a lo mejor tiene la regla. Cada vez que le viene se pasa dos días hecha polvo.

Frida había dado en el clavo.

Cuando Sardine llegó a la caravana, sobre las cuatro, la bicicleta de Melanie ya descansaba contra la valla, junto a la de Trude y la de Frida. De la bici de Wilma no había ni rastro.

Sardine se había llevado a la perra de su abuela. La abuela Slättberg, a la que las Gallinas Locas llamaban también Long John Silver, sufría unos dolores muy fuertes en las caderas desde hacía unas semanas y no podía sacar a pasear a *Bella* ni a la vuelta de la esquina. Cuando Sardine se detuvo con la bici frente a la verja del jardín, la perra se puso tan contenta que por poco le pega un mordisco en la nariz y, de camino hacia la caravana, continuó haciendo cabriolas y casi tira a Sardine de la bici de un lametazo.

El inmenso terreno del bosque en el que se hallaba la caravana de las Gallinas estaba especialmente bonito en esa época del año. En el prado habían florecido verónicas y dientes de león, en los bancales del pequeño huerto que Frida había plantado el otoño anterior ya asomaba la primera lechuga, y los tallos verdes de las chalotas brillaban sobre la tierra recién cavada.

Cuando Sardine atravesó la explanada de hierba con *Bella*, Frida estaba cavando el bancal de las hierbas aromáticas. La ajedrea ya empezaba a brotar, aunque las noches eran todavía bastante frías. El romero había aguantado bien el duro invierno, y el apio de montaña que crecía,

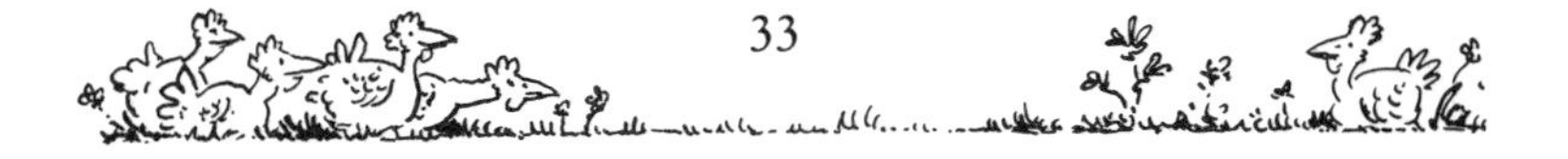

como a él le gustaba, en un rincón apartado y sombrío bajo los árboles, estaba más fuerte y más lozano que el del huerto de la abuela Slättberg.

—¿Estás oyendo a las pesadas de las gallinas? —protestó Frida cuando Sardine llegó a su lado—. ¿Sabes cuánta lechuga les he echado por la valla? Pero nada, que no se callan. Siguen quejándose como si estuvieran muertas de hambre. A lo mejor deberíamos dejar que *Bella* jugara un rato con ellas.

Bella se volvió hacia las gallinas relamiéndose el hocico.

—Me da que las gallinas no saldrían muy bien paradas —observó Sardine—. ¿Por qué estás tan cabreada con ellas? ¿Te han vuelto a estropear alguna planta?

—¡No me hables! —Frida se incorporó y se sacudió la tierra de las manos en los pantalones—. Había conseguido que prendieran las semillas de las judías enanas, que son unas judías pequeñas y tiernas, y había dejado los tiestos al sol. ¡Ya verás cómo han quedado! Están delante de la caravana. A la mitad no les han dejado más que algún tallo agujereado. *Isolde* y *Kokoschka* han saltado la valla. ¡Yo siempre he dicho que había que subirla!

Desconsolada, Frida se volvió hacia la malla metálica del corral. Luego se pasó la mano por el pelo y se quedó mirando la tierra removida de los bancales con un gesto sombrío.

—¿Qué pasa? Tiene que haber algo más, aparte de las judías picoteadas. —Sardine conocía a Frida mejor que a sí misma.

—Maik no puede venir este fin de semana. Al parecer tiene uno de esos campeonatos de hípica o yo qué sé. Y ya hace tres semanas que no nos vemos.

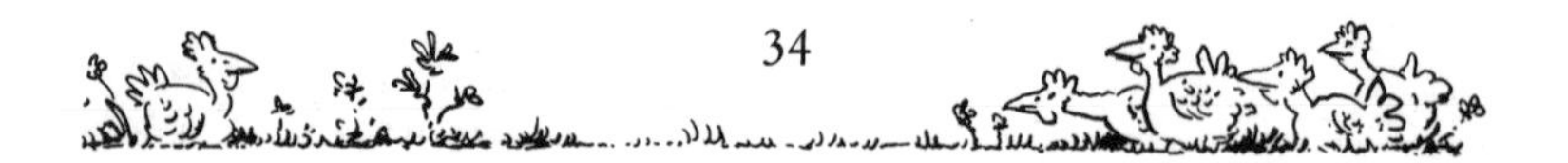

Sardine le quitó la correa a *Bella*. Las gallinas se revolucionaron todavía más cuando la perra comenzó a saltar contra la valla. Sardine se acercó a Frida y le rodeó los hombros con el brazo.

—Seguro que viene el próximo fin de semana —la animó—. Dile que ya no te acuerdas de su cara y que, como no se presente aquí el viernes que viene, te voy a liar con el hermano de Fred.

—Si Fred no tiene hermanos.

—Ya, bueno, pero Maik no lo sabe.

Eso logró arrancarle una sonrisa a Frida, aunque no paraba de darle vueltas a la cabeza. Llevaba así casi un año: que si Maik viene, que si no viene. Al principio Melanie y Wilma hacían apuestas sobre cuánto iba a durar esa relación a distancia, pero entretanto Melanie se había quedado sin novio, y Frida y Maik todavía seguían juntos.

—Me ha mandado unas fotos; de los caballos —comentó Frida—. Están en la caravana. Ven, que te las enseño.

Y echaron a andar las dos juntas hacia el cuartel de la pandilla. A Sardine le parecía que estaba cada vez más bonito. Mucho tiempo atrás, el padre de Trude había pintado la caravana de color azul, pero la pintura no había resistido muy bien la humedad del invierno, y las Gallinas habían tenido que repasar más de una vez la mayoría de las estrellas y planetas que él había dibujado con gran esmero. Con todo, Sardine estaba absolutamente convencida de que en todo este mundo tan inmenso no había una caravana tan bonita como ésa. Hacía poco, habían pegado sobre la puerta unas estrellas fosforescentes que llevó Frida y, cuando se hacía de noche y las alumbraban con una linterna, quedaban absolutamente preciosas.

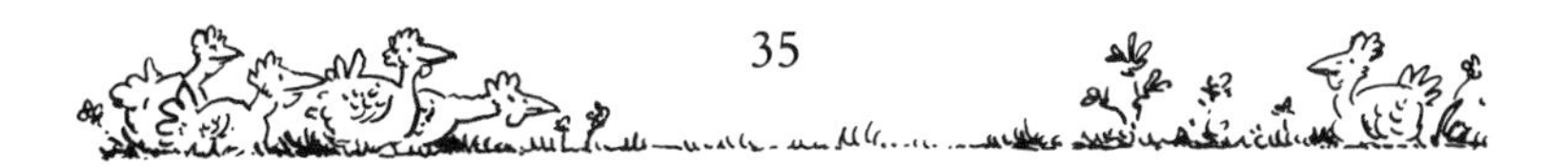

Melanie y Trude se encontraban sentadas en las escaleras de la caravana, codo con codo y cabeza con cabeza. Estaban tan concentradas intentando colocar el carrete en la cámara que Trude iba a estrenar ese día que ni siquiera levantaron la vista cuando Frida saltó por encima.

—¡Madre mía, Meli! —exclamó Sardine, que siguió a Frida por las escaleras—. ¿Cuántos kilos de maquillaje te has puesto? Pues... qué quieres que te diga, no creo que sea nada bueno para los granos.

—¡Nadie te ha pedido tu opinión! —le espetó Melanie.

Ese día hacía justo cuatro semanas que Willi, que era miembro de los Pigmeos, como Fred, había dejado a Meli por otra chica cuatro años mayor que él. Melanie le iba contando a todo aquel que quisiera oírlo, y al que no también, que su sucesora no era ni la mitad de guapa que ella, que tenía el pelo color ratón, que iba por ahí con unas pintas horribles, como si acabara de levantarse de la cama, y que Willi llegaba todos los días al colegio con la cara llena de manchas de pintalabios color tomate. Y que a ella la ruptura no le había afectado lo más mínimo. Sí, eso lo repetía a todas horas.

«Al contrario, sinceramente me alegro de que se haya acabado —le gustaba explicotear en tono de complicidad—. Ya empezaba a resultar un poco aburrido.»

Algunos llegaban a creérselo de verdad, pero a sus mejores amigas no podía engañarlas. Las Gallinas Locas estaban convencidas de que a Melanie le partía el corazón que Willi besara a otra, y la trataban con indulgencia, pese que ella se pasaba los recreos coqueteando con los mayores y quedaba cada dos por tres con un chico diferente.

En cuanto a Willi, pasaba de él, como si fuera transpa-

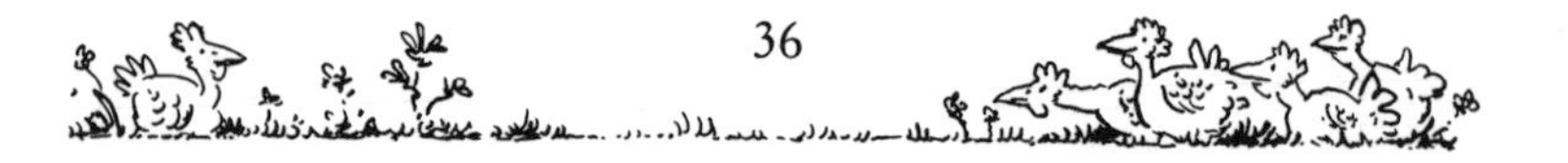

rente. Lo cual no resultaba fácil, teniendo en cuenta que iban a la misma clase. Aunque a menudo, cuando creía que nadie la veía, Melanie desviaba la vista hacia el pupitre que Willi compartía con Fred, y él, al notar su mirada, se ponía rojo como un tomate y bajaba la cabeza como si estuviera leyendo el libro más interesante del mundo. Fred sostenía que Melanie pinchaba las ruedas de la bici de Willi al menos una vez cada semana, y que ya le había enviado un par de cartas terroríficas a su nueva novia. Sardine, por supuesto, lo negaba todo —al fin y al cabo, las Gallinas Locas estaban para apoyarse, también en los momentos de despecho—, aunque en el fondo sabía que Melanie no era de las que admiten fácilmente la derrota. En ese sentido, estaba de acuerdo con Wilma. «Si viviéramos en la época de Shakespeare —había observado ésta cuando Willi se decidió finalmente por su nueva novia—, Melanie habría asesinado a su adversaria. Y con un veneno que le causara una muerte lenta y dolorosa.»

Sí, Sardine no tenía duda de que habría sido así. No debía de ser nada agradable tener a Melanie como enemiga. A veces ni siquiera era agradable ser su amiga, sobre todo cuando sufría mal de amores.

—¡Eh, Frida! —exclamó Melanie cuando Sardine estaba a punto de entrar en la caravana—. Muy bonitas las fotos que te ha mandado Maik. ¿Quién es la chica que está con él en una de ellas?

Frida no respondió. Cogió las fotos de la mesa en la que solían tomar el té y se las entregó a Sardine. Era verdad que en una de las fotos aparecía una desconocida junto a Maik, pero eso no tenía nada de raro, porque su madre regentaba un picadero al que iba mucha gente. Las Gallinas Locas habían pasado allí las últimas vacaciones

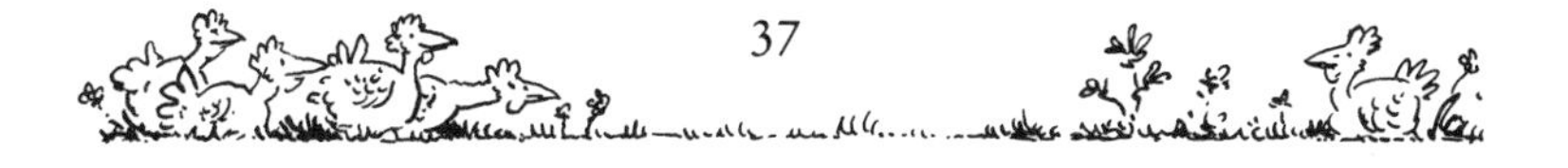

de otoño, y desde entonces Maik y Frida estaban juntos. Sardine conocía a la mayoría de los caballos que salían en las fotos. De hecho, había aprendido a montar con dos de ellos y, al contemplar las imágenes, sintió nostalgia y unas ganas terribles de volver a estar sobre un caballo.

Frida seguía con la mirada clavada en la foto donde aparecía Maik con la chica.

—No te agobies. Si hubiera algo entre ellos, no te la habría mandado —la animó Sardine por lo bajo—. Además, en la foto salen también otras chicas.

—Sí, pero las otras son unas crías recién salidas de la guardería —murmuró Frida—. Ella no, y además es muy guapa, ¿no te parece?

—¡Tú eres mil veces más guapa! —exclamó Sardine, quitándole la foto de las manos. Y acto seguido añadió, con una sonrisa burlona—: Hasta con este corte de pelo tan raro, fíjate.

Frida se vengó pellizcándole la nariz.

—¡Pues a mí me parece que el pelo corto te sienta muy bien! —apuntó Trude, que asomó la cabeza por la puerta—. La cámara ya está a punto. ¿Empezamos o esperamos a Wilma?

Trude se encontraba en el proceso inverso: desde hacía varios meses estaba dejándose crecer el pelo. Ya le llegaba por los hombros. Además, quería acostumbrarse a llevar las lentillas, pero todavía se le irritaban los ojos con frecuencia.

—¿Y Wilma? ¿Todavía no ha llegado? —Sardine se dirigió a la ventana y miró hacia la valla. Normalmente, cuando quedaban, Wilma era la primera en llegar a la caravana.

—Seguro que su madre ha vuelto a darle la paliza con

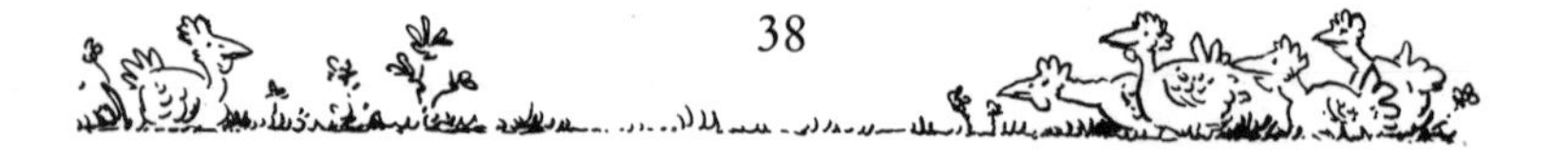

que haga los deberes. —Melanie saltó de las escaleras y adoptó una pose—. ¿Qué te parece así, Trude? —preguntó—. ¿Y así?

Trude se encogió de hombros y miró por el objetivo de la cámara.

—Si te empeñas... Luego podemos poner un cartel debajo de la foto que ponga «Gallina-presumida, especie poco común».

—¡Muy graciosa! —Melanie se cruzó de brazos, molesta—. ¿Y se puede saber para qué quieres las fotos?

Trude encogió los hombros y apretó el botón justo cuando Melanie estaba toqueteándose un grano de la barbilla.

—Es un secreto.

Cuando Trude estaba sacándole una foto a Frida en el bancal de las hierbas aromáticas, Wilma cruzó el portillo. *Bella* se abalanzó sobre ella ladrando.

—¡Lo siento! —se disculpó, mientras la perra hacía cabriolas a su alrededor. Se puso tan contenta que casi le arranca una oreja—. Lo siento mucho, pero el sábado ensayamos y tenía que aprenderme de memoria un monólogo larguísimo.

Frida fue incapaz de reprimir un hondo suspiro cargado de envidia. El curso anterior ella también había participado en el grupo de teatro, había encarnado a Julieta en *Romeo y Julieta*, pero el grupo solía ensayar los sábados y no habría podido asistir, porque los fines de semana Maik iba a verla o ella iba a verlo a él. Sardine estaba convencida de que Frida echaba de menos el teatro. El papel de Julieta lo había bordado.

—¡Sí, vale, vale! —exclamó Melanie en tono burlón, mientras *Bella* seguía lamiéndole la cara a Wilma—. Pero

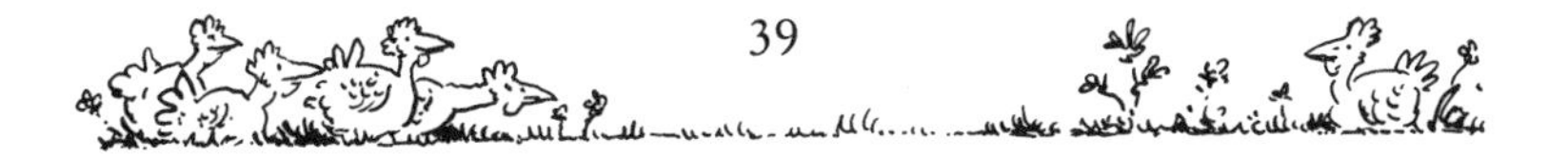

no nos cuentes otra vez de qué va la obra. Por mucho que lo intentes, yo sigo sin entender ese lío de que los hombres en realidad son mujeres y las mujeres son hombres...

—¡Descuida! —respondió Wilma—. No voy a obligar a tu pequeño cerebrito a trabajar más de la cuenta. Cuando uno se traga demasiados culebrones, es normal que luego le cueste entender a Shakespeare...

—¡Oye, no empecéis a discutir otra vez! —interrumpió Trude con cara de preocupación—. Quiero sacar unas fotos, y sería una pena que salierais como dos gallos de pelea.

—¡Gallinas de pelea! —la corrigió Wilma—. ¿O acaso vuelve a haber algún Pigmeo por aquí?

Tiempo atrás Wilma había sido partidaria de prohibir terminantemente la entrada de chicos en la caravana, pero las cosas habían cambiado. Desde que Steve y ella ensayaban juntos, los Pigmeos lo tenían un poco más fácil. Steve, mago de los Pigmeos de profesión y adivino por afición, iba a menudo a la caravana a ensayar con Wilma, o a leerle el futuro con la raída baraja de tarot que llevaba siempre en el bolsillo. En un par de ocasiones Wilma había intentado convencerlo para que adivinara la nota que iba a sacar en un examen, pero Steve se negaba en redondo a atender peticiones tan concretas. En cambio, le encantaba proporcionar información sobre el futuro lejano por el módico precio de un euro y medio, aunque sin garantía, por supuesto, y bajo la condición de guardar el más estricto de los secretos, algo en lo que siempre insistía.

Después de que Trude le hubiera sacado una foto a Wilma con *Kokoschka*, su gallina favorita, colocó a las Gallinas Locas para hacerles unas fotos a todas juntas: unas cuantas delante de la caravana, otras junto al corral

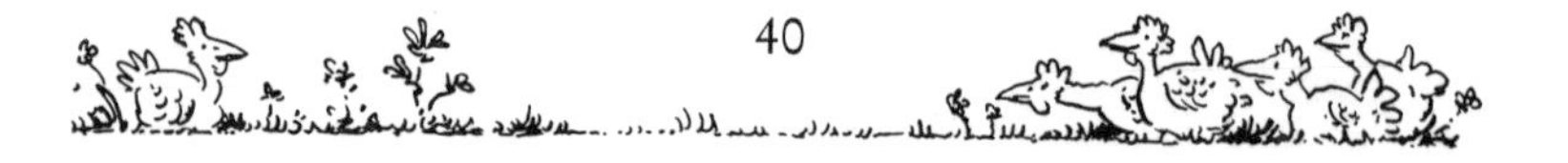

y por último al lado de la valla, con el cartel que había pintado Wilma de fondo. El cartel rezaba: «Privado. Queda terminantemente prohibida la entrada de zorros y enanos del bosque.»

—¿No os parece que podríamos quitar ya ese cartel? —preguntó Trude cuando volvían hacia la caravana para probar la nueva receta de gofres de Frida—. Ahora Fred viene mucho por aquí, y Steve...

—¡Eso, Steve! —Melanie entornó los ojos y le hizo un guiño a Wilma muy elocuente—. Venga, ¡suéltalo ya! ¿Por eso has llegado tarde? ¿Porque Steve te ha regalado una sesión extra sobre tu futuro? Eso demostraría que tienes un gusto un poco raro en cuestión de chicos, pero...

No pudo seguir hablando. Wilma la agarró por detrás y le tapó la boca.

—Cierra ahora mismo el pico, ¿me oyes? —le susurró al oído antes de destaparle la boca—. ¡Puaj! ¡Qué asco! —protestó extendiendo la mano y mostrándosela a Melanie—. Mira, ¡ahora tengo los dedos pringados de pintalabios!

—¡Será posible! ¡Yo no te he pedido que me pusieras tu asquerosa mano en la boca! —le espetó Melanie, y acto seguido le dio un empujón tan fuerte que Wilma salió despedida hacia atrás y metió el pie en una topera.

—¡A ti lo que te pasa es que no entiendes que alguien pueda ser amiga de un chico sin que haya nada más! —bramó Wilma mientras se levantaba del suelo—. Como tú te lías con todo lo que lleva calzoncillos...

Melanie le pegó una bofetada tan fuerte que *Bella*, que se encontraba unos metros más allá olisqueando la hierba, irguió la cabeza asustada.

—Eh, eh, ¿se puede saber qué os pasa? —Sardine se

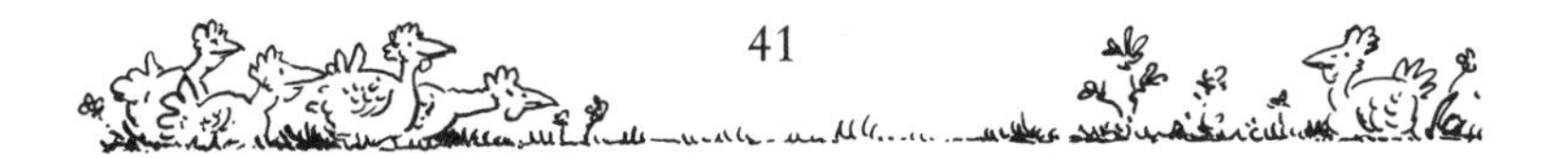

interpuso entre las dos y las separó con determinación—. Meli, deja de soltar suposiciones estúpidas y Wilma no volverá a tocarte el pintalabios ¿entendido?

Wilma asintió, pero ninguna de las dos le quitaba ojo a la otra.

—Jobar, ¿otra vez acabaremos estropeando todo el día por esta pelea? —protestó Trude con voz temblorosa. Los ojos, que se le irritaban enseguida, se le llenaron de lágrimas. Trude lloraba con facilidad.

—¡Tiene razón! ¡Ya está bien! —sentenció Frida, y abrazó a Trude por la cintura—. Si no, las lentillas de Trude terminarán navegando por la hierba y tendremos que pasar el resto del día buscándolas.

Al menos esas palabras lograron arrancarle una sonrisa a Trude. Melanie y Wilma, sin embargo, seguían fulminándose con la mirada.

—Pues entonces, ¡que retire eso de que yo me lío con todos los tíos! —masculló Melanie.

Wilma no dijo nada.

—Vale, venga, di que sólo se lía con uno de cada dos, Wilma —intervino Sardine—. Te lo pido por favor.

—¿Qué pasa? ¿Ahora os ponéis todas de su parte? ¡Idos a la mierda! —En ese momento se le saltaron las lágrimas a Melanie—. ¡Yo me largo! —soltó, y se colocó los rizos detrás de las orejas con las manos temblorosas—. ¡Que os den a todas! ¡Ya podéis empezar a buscaros otra Gallina! ¡Esa amiga tan simpática de Wilma, por ejemplo! Leonie, o como se llame. Qué nombre tan ridículo. ¡Pero seguro que con ella estaréis mejor que conmigo! —Para entonces un río de lágrimas le resbalaba por las mejillas, el rímel se le había corrido y le dibujaba unas sombras oscuras bajo los ojos.

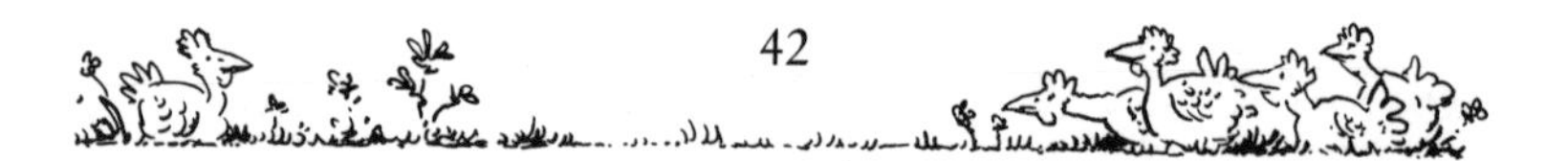

Tras pronunciar esas palabras dio media vuelta y se largó. *Bella* la persiguió meneando la cola, como si percibiera que necesitaba consuelo, pero Melanie ni siquiera se percató. Estaba demasiado ocupada enjugándose las lágrimas de los ojos.

Por un momento las demás Gallinas ni se movieron, se quedaron aturdidas, pero al instante Frida y Sardine reaccionaron y salieron corriendo tras ella. Trude las siguió, entre sollozos y tropezones, y por último Wilma echó a correr también, indecisa y con la cara encendida, aunque ni siquiera ella misma sabía si era de rabia o de vergüenza.

Frida y Sardine atraparon a Melanie justo en el portillo. Sardine la agarró con fuerza del brazo; ella se soltó, pero cuando Frida le cerró el paso, se detuvo.

—¡Sardine, Wilma! —gritó Frida en un tono que sólo empleaba con sus hermanos—. Pedidle perdón.

Sardine carraspeó... y obedeció.

—Lo siento, Meli —murmuró.

Las disculpas de Wilma se hicieron esperar un poco más. Se había quedado a unos pasos de distancia y el «perdón» sonó un poco arisco, por lo cual Frida la censuró con la mirada.

Melanie apretaba los labios y se miraba las uñas. En algunas se le había desprendido el esmalte y se las frotaba con los pulgares, como si así fuera a arreglarlo.

—Es verdad que me gusta tontear —murmuró en un tono apenas audible—, pero eso no tiene nada de malo, ¿no?

—Los chicos del cole hablan mal de ti —respondió Sardine—. Fred dice que te llaman cosas bastante feas.

—¿Qué cosas? —Melanie alzó la vista y la miró con cara de pánico.

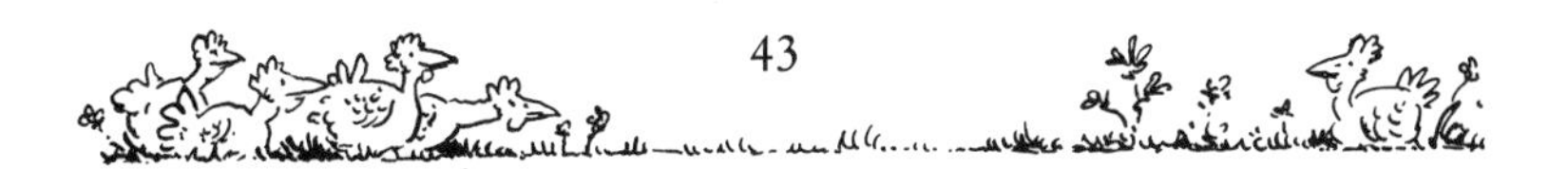

Sardine se encogió de hombros.

—No me lo ha querido contar. —Eso era mentira. Fred se lo había confesado todo, pero le pareció mejor que Melanie no se enterara.

—¡Seguro que con Willi no se meten! —exclamó Melanie entre sollozos—. Y eso que ha sido él quien me ha puesto los cuernos.

Trude le tendió tímidamente un pañuelo de papel. Melanie lo cogió con gesto de agradecimiento y se sonó la nariz.

—Venga, vamos —la animó Frida, cogiéndola del brazo—. Se te ha corrido el rímel y eso hay que solucionarlo cuanto antes. Y luego, a comer gofres, que yo creo que nos hemos ganado una buena merienda.

Cuando Melanie pasó junto a Wilma del brazo de Frida, ninguna de las dos supo hacia dónde mirar.

—Yo también he oído lo de los insultos —intervino Wilma—. Al menos tres de ellos se los ha inventado Torte, pero ya le he dado su merecido.

—¡Gracias! —Melanie se sorbió los mocos y cogió el pañuelo—. La próxima vez que quieras pegarle, avísame, que yo te ayudo.

Los gofres de Frida quedaron más ricos que nunca. Tal vez fuera por el aroma del ron que le había añadido a la masa, o quizá simplemente porque, tras una pelea, hasta el pan duro sabe bien.

Cuando las Gallinas Locas cerraron tras de sí el portillo de la cerca de espino blanco y montaron en las bicis, estaba oscureciendo. Poco a poco la noche iba instalándose en el cielo; el aire era menos frío que en los días anteriores.

—¡Deberíamos volver a pasar alguna noche en la cara-

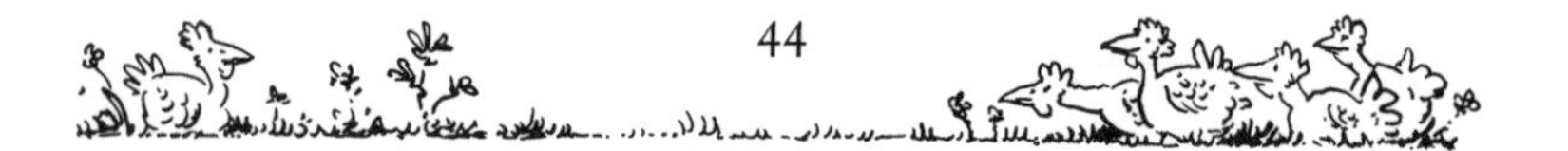

vana! —propuso Trude antes de que se separaran—. Todas juntas. ¿Qué os parece?

—Genial —respondió Wilma.

Después, cada una se marchó a su casa.

Cuando Sardine se levantó a la mañana siguiente, hacía ya un buen rato que su madre se había ido a trabajar.

—Pero pasado mañana libro, ¡así que pasaremos el día las dos juntitas! —le había prometido la noche anterior.

Sardine se dirigió a la cocina dando tumbos, todavía medio dormida. Sábado. No había nada como los sábados. Los domingos uno ya empezaba a pensar en el lunes, pero los sábados eran para hacer el vago, para remolonear en la cama hasta las mil, para acariciar a las gallinas, para ir a la caravana... Los sábados eran maravillosos. Sardine estaba saboreando ya las tostadas y el chocolate caliente que se iba a llevar a la cama cuando, de pronto, se le vino el mundo encima al acordarse de que le había prometido a su abuela que ese sábado la ayudaría en el huerto. ¿Cómo podía haberse olvidado? Se vistió tan deprisa que, por dos veces, se puso los pantalones de montar al revés.

—¿Otra vez esa ropa? —gruñó la abuela Slättberg como único saludo en cuanto Sardine traspasó la puerta chirriante de la verja—. No entiendo cómo tu madre te deja ir por ahí con esos pantalones de montar a caballo.

Así solían ser sus recibimientos. Eso de «Buenos días, Sardine» no iba con ella, y por supuesto nada de «No sabes cuánto te agradezco que vengas a ayudarme con el huerto los fines de semana». La abuela Slättberg no veía nada de extraordinario en que Sardine la ayudara. Era su deber y punto.

«¡A la vida se viene a sufrir, no a divertirse! —Así resumía la madre de Sardine la filosofía de la abuela—. Si disfrutas, es que te has equivocado en algo.»

Antes, a Sardine le dolían tanto los desprecios de su abuela que, sólo de pensar que iba a tener que pasar un rato con ella, aunque no fuera más que una hora, se le saltaban las lágrimas. Y habían sido muchas, incontables, las horas que Sardine había pasado en esa vieja casa con ese inmenso huerto; todas las horas que su madre había estado trabajando, cuando Sardine era todavía demasiado pequeña para quedarse sola en casa.

Ahora, por fortuna, esa época había quedado atrás y, cuando la abuela Slättberg empezaba a despotricar, Sardine cogía la puerta, atravesaba la chirriante verja del jardín y se largaba a casa, a la caravana, o a ver a Fred. Y que su abuela criticara todo lo que quisiera...

—¡Menos mal que *Bella* se alegra de verme! —exclamó Sardine mientras la perra correteaba y saltaba a su alrededor meneando el rabo—. Sólo puedo quedarme tres horas, después he de ir a ver a Fred.

Su abuela frunció el entrecejo.

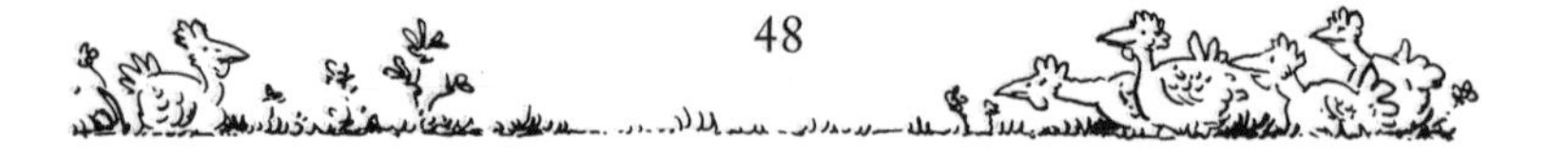

—Ah, ya, ése del pelo color zanahoria. ¿Todavía sigues con él? —A la abuela Slättberg le caía bien Fred, y Sardine lo sabía, aunque también sabía que jamás lo admitiría—. No me irás a decir que ese pelo tan rojo que tiene es natural. Seguro que se lo tiñe.

—¡Qué bobada! Siempre lo ha tenido así.

—Pamplinas. —La abuela Slättberg se dio la vuelta con gesto malhumorado y se acercó cojeando a los bancales de verduras del huerto. La cojera iba empeorando, pero la abuela de Sardine lo consideraba una consecuencia inevitable de la edad.

«Debería operarse la cadera —decía siempre la madre de Sardine—, pero no quiere ir al hospital. Piensa que el día que pise un hospital, no volverá a salir. Y además le da miedo pasar por el quirófano.»

—Abuela, deberías ir al médico —le recomendó Sardine mientras la seguía por el jardín—. Caminas como una gallina coja.

—¡Tonterías! Cuando tú llegues a vieja, caminarás igual que yo. —Su abuela se agachó con un gemido junto a uno de los bancales y arrancó un hierbajo.

En el huerto de la abuela Slättberg, aparte de los seis bancales grandes de hortalizas, había hierbas aromáticas, un pequeño invernadero para cultivar las plantas más delicadas, calabazas en el estercolero, groselleros rojos, blancos y negros, groselleros espinosos, dos manzanos, dos perales y un membrillo, es decir, trabajo para todo un equipo de fútbol, como decía Fred. La madre de Sardine había intentado convencer a la abuela Slättberg para que sembrara césped en algunos de los bancales y dejara de hacer zumos y mermeladas caseras de cada tipo de baya y de manzana. (Porque, entre otras cosas, todavía le queda-

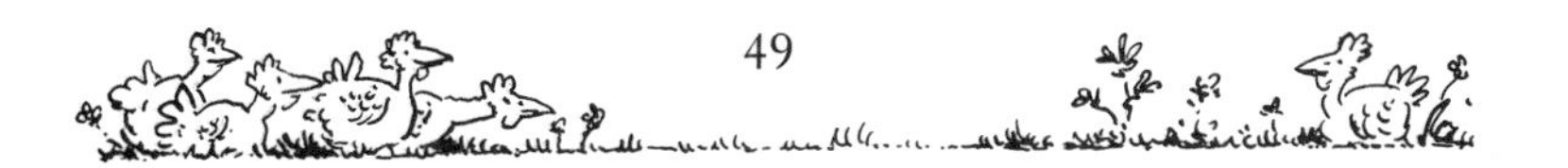

ban conservas que había hecho hacía más de ocho años.) Pero la abuela de Sardine era bastante cabezota.

«¿Y qué se supone que tengo que hacer con el césped? —preguntaba cada vez que salía el tema—. ¿Sentarme en una silla y mirar a las musarañas como un enano de jardín?»

—¡Empieza por los plantones de las coles! —ordenó la abuela Slättberg—. Están ahí enfrente, en la cesta que hay al lado de la carretilla. Luego planta unas cuantas cebollas entre las hileras de zanahorias y remueve la tierra de los puerros. También hay que limpiar el bancal de las hierbas aromáticas, pero tres horas no dan para mucho.

—¡Ése no es el problema! El problema es que tú ya no te puedes agachar —replicó Sardine en tono arisco. Y se fue a buscar los plantones.

—¡Y tú te estás volviendo una impertinente! —gritó A. S. tras ella. Así la habían bautizado las Gallinas Locas: A. S. o Long John Silver. Ese último mote se lo pusieron después de que se comprara una pistola de fogueo.

—¡Ponme una silla junto a ese bancal! —le ordenó A. S. a Sardine cuando ésta regresó con las plantas.

«¡Lo que me faltaba!», pensó Sardine mientras recorría el camino de losas que discurría junto al huerto. Se había hecho ilusiones de que, al menos mientras cavaba, estaría tranquila, pero al parecer su abuela no tenía la menor intención de dejarla trabajar en paz. Por lo visto seguía creyendo que era la única persona sobre la faz de la tierra que sabía cultivar un huerto.

En el jardín de la abuela Slättberg había cuatro sillas; cuatro sillas oxidadas, con la pintura desconchada y con alguna pata coja. Estaban junto al gallinero, dispuestas alrededor de una mesa desvencijada, pero nunca se senta-

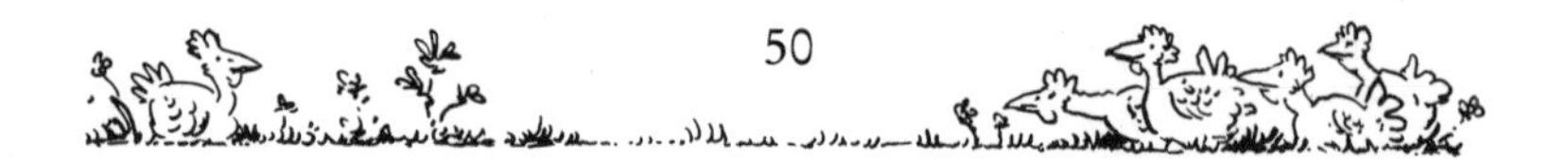

ba nadie en ellas; salvo cuando A. S. no estaba en casa, y las Gallinas Locas se colaban en su jardín.

La abuela Slättberg torció el gesto al reclinarse sobre el rígido respaldo de la silla y se llevó la mano a la cadera con expresión de dolor, pero cuando Sardine quiso ayudarla, le apartó la mano.

«¡Hala! ¡Pues ahí te pudras!», pensó Sardine indignada, y se agachó junto al bancal vacío. Todas las herramientas estaban alineadas y preparadas junto al huerto, como si la estuvieran esperando: la regadera verde, una pala pequeña y un pico.

—¡Están un poco esmirriados! —exclamó Sardine al coger el primer plantón de la cesta.

—¿Cómo dices?

—Los del abuelo de Fred están mucho más hermosos.

—¡Pamplinas!

De vez en cuando era divertido hacer rabiar un poco a A. S. Con el tiempo Sardine había aprendido a chincharla de lo lindo.

—¿Qué tal está tu madre?

Sardine se echó el jersey sobre los hombros. El sol estaba abrasándole la nuca. Hacía un día espléndido. Las pocas nubes que había en el cielo eran como velos, casi transparentes, sobre el azul tan claro.

—Mamá está bien.

Sardine cavó un agujero, introdujo el plantón, lo regó, volvió a rellenar el agujero alrededor del frágil tallo y apisonó la tierra.

—¡Cuidado con el agua; si le echas mucha, el sol acaba quemando las hojas!

Sardine entornó los ojos. Sabía eso desde que tenía seis años y, aun así, su abuela se lo repetía una y otra vez.

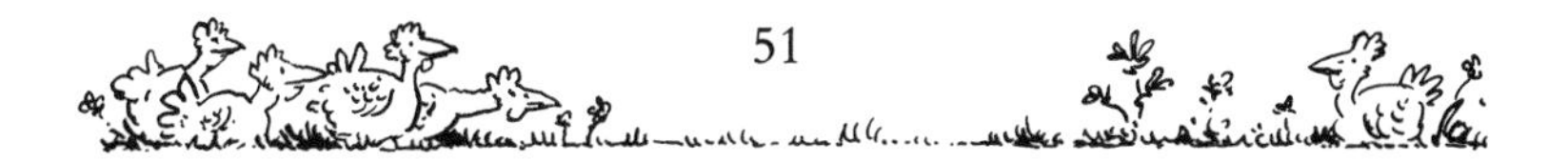

—Imagino que sigue empeñada en casarse con ese payaso, ¿no?

Sardine estaba plantando una lombarda.

—Parece que sí. Ya está mirando vestidos de novia.

La abuela Slättberg resopló con desprecio.

—Ese hombre no es para ella. Se lo he dicho mil veces, pero no me hace ni caso. Siempre acaba en brazos del hombre equivocado. No me gusta tener que admitirlo, pero las cosas como son: al final tu padre era el más decente de todos.

—¿Cómo? —Sardine hundió los dedos en la tierra fría y miró boquiabierta a su abuela. De aquellos labios enjutos realmente habían salido todo tipo de barbaridades y disparates, pero eso lo superaba todo. Sardine sintió el deseo de tirarla de la silla—. ¿Mi padre? —gritó—. ¡Pero si abandonó a mamá con un bebé! ¿Cómo que él era el mejor? ¡No entiendo nada! Es tu propia hija. Si alguien le hiciera eso a mi hija, yo lo... —Sardine estaba tan furiosa que no le salían las palabras.

—¿Lo matarías? —A. S. señaló con el dedo hacia el huerto—. No hables tanto y trabaja, que sólo tienes tres horas.

Pero Sardine no movió ni un dedo. ¿Por qué de repente todo el mundo hablaba de su padre? Incluso su madre. La culpa de todo la tenía la dichosa boda. A. S. jamás había pronunciado una sola palabra sobre su padre, nadie hablaba nunca de él, era como una especie de pacto tácito, y ahora de pronto...

Sardine siguió plantando coles en silencio, agachada sobre la tierra con expresión sombría: lombardas, repollos, coles de Bruselas... ¿Quién iba a comerse todo aquello? Tampoco es que a ella le encantara el señor Sabeloto-

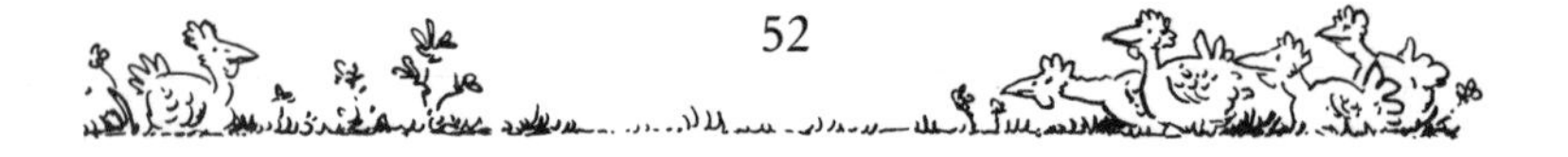

do, pero por lo menos él no había abandonado a ningún bebé... al menos que ella supiera. Además, se portaba bien con su madre, muy bien. Le compraba las flores que a ella le gustaban y todo eso, y le hacía mimos cuando se ponía enferma. Y la hacía reír. Ella era feliz con él. Hacía mucho tiempo que Sardine no veía a su madre tan feliz. Y que no la oía llorar por las noches, como había sucedido antes en más de una ocasión.

A. S. estaba sentada en la silla y observaba a Sardine con mirada crítica. «¿Algún día tendré yo también tantas arrugas? —se preguntó Sardine—. Supongo que sí.»

—A ti tampoco te cae bien —sentenció su abuela—. Digo ese... profesor de autoescuela. —Escupió las palabras como si se tratara de la profesión más miserable del mundo.

—Es majo. Además, qué más da si me cae bien o no. A la que tiene que gustarle es a mamá. No soy yo la que va a casarse con él.

—Vaya. —A. S. alzó la vista hacia el cielo con un gesto de desaprobación, como si les reprochara a los pájaros que trazaban círculos en el cielo que pudieran volar—. Bueno, de todas formas a mí no me convence —sentenció al fin—. No es para ella y punto.

—¡No me digas! ¿Y el que la dejó en la estacada con una niña pequeña sí era para ella? De verdad que no te entiendo. —Sardine sacó una lombriz del agujero que acababa de cavar y la lanzó al bancal de al lado. Al darse cuenta de que las manos le temblaban se puso más furiosa aún.

—También lo pasó mal. Tu padre, quiero decir.

«¡No! —pensó Sardine—. ¡No quiero oírlo!» Ojalá se hubiera tapado los oídos.

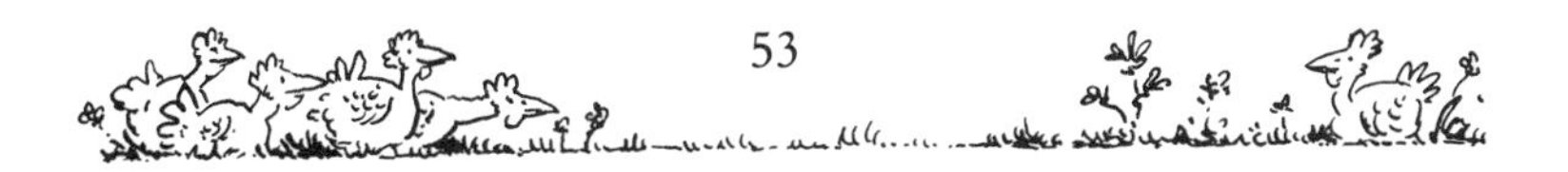

—¿Y tú cómo lo sabes? —inquirió, furiosa—. Mamá jamás ha dicho ni una palabra sobre él, pero sé que una mañana se levantó y él se había largado. Hasta ahí sí llego.

Su abuela se estiró la falda. Era gris como un día de lluvia. El gris era el único color que A. S. admitía en su armario.

—Porque él me escribió. Fue al cabo de un tiempo, cuando tu madre ya se había cambiado de casa. Me pedía vuestra dirección, pero ella me prohibió que se la diera.

—Eso es absurdo. Totalmente absurdo. —Sardine comenzó a cavar con tanta rabia que estuvo a punto de arrancarle la raíz a una de las coles.

—¡Pues pregúntaselo! ¡Ve y pregúntaselo a tu madre! —respondió A. S.—. Yo guardo todas las cartas. Con el tiempo fueron llegando cada vez menos, pero todavía ahora sigue enviando alguna de vez en cuando. Y siempre pregunta por vosotras. Escribe desde los lugares más insólitos, porque viaja mucho. Yo siempre quise enseñártelas, pero tu madre no me dejó. También le he insistido varias veces a tu madre en que algún día lo invite a tu cumpleaños; «Quizá la niña quiera saber, al menos, qué cara tiene su padre», le he dicho; al fin y al cabo él casi no para por aquí...

—¿Por aquí? —Sardine apenas oía su propia voz.

—Sí, bueno, vive en la otra punta de la ciudad. Tu madre sabe dónde. Yo se lo dije pensando que algún día que estuviera trabajando con el taxi se pasaría por allí a verlo, pero qué va... Cada vez que saco el tema se pone hecha una fiera. Y a mí, qué quieres que te diga... a mí siempre me cayó bien, mucho mejor que ese profesor de autoescuela con el que quiere casarse ahora.

—¡Ya basta! —Sardine era consciente de que estaba gritando, pero no podía evitarlo—. ¡Si ella quiere casarse

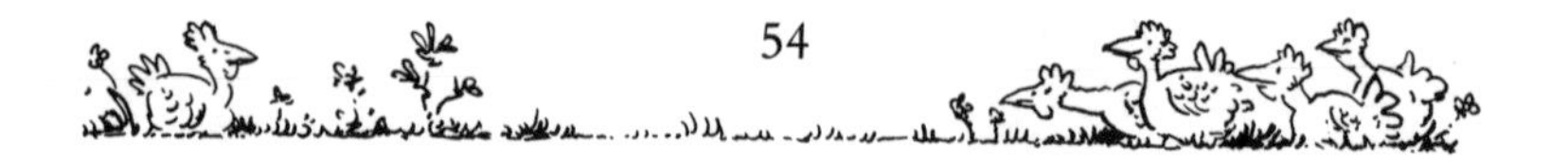

con él, pues que se case! ¡No es asunto tuyo! ¡A ver si te entra en la cabeza! ¡Tú no tienes por qué meterte en eso! Y lo de mi padre —cuánto le costó pronunciar esa palabra— tampoco es asunto tuyo, y no te preocupes, porque yo no quiero verlo. Además, si a ti te cae bien, será un tipejo horrible, tal como yo me había imaginado.

Sardine arrojó la pala al suelo, se levantó de golpe y, sin mirar a su abuela, echó a correr hacia el gallinero. Desde hacía dos meses volvía a estar habitado por ocho preciosas gallinas. Las que en esos momentos cacareaban sin parar junto a la caravana y que habían destrozado las judías de Frida también habían vivido allí en su día, pero A. S. había intentado sacrificarlas y por eso las Gallinas Locas, con ayuda de los Pigmeos, las habían robado.

—Cuando se hagan mayores —había preguntado A. S. después de comprarse las gallinas nuevas—, ¿pensáis ingresarlas también en vuestra residencia para gallinas de la tercera edad, o esta vez me dejaréis sacrificarlas?

—¡Ven aquí! —exclamó Sardine llamando a una gallinita blanca que picoteaba entre la paja. El animal levantó la cabeza asustada, pero Sardine tenía una técnica muy depurada en la caza de gallinas.

El ave comenzó a cloquear cerrando los ojos cuando Sardine se arrodilló sobre la paja y la cogió en su regazo. Hundió delicadamente los dedos entre las suaves plumas del pecho y luego entre el fuerte plumaje de las alas, le acarició la descolorida cresta roja y volvió a dejarla en el suelo. La gallina, aliviada, huyó por el agujero que daba al gran corral.

«¡Yo no quiero un padre! —pensó Sardine—. No lo necesito para nada. Antes prefiero quedarme con el Sabelotodo.»

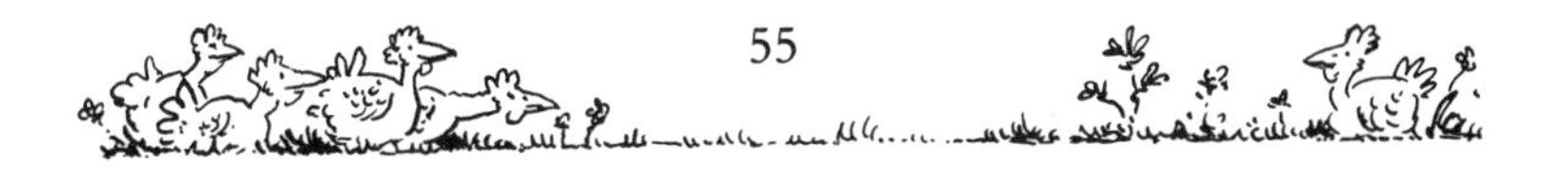

Cuando salió del gallinero, su abuela ya no estaba. Sardine no volvió a verla hasta que hubo acabado el trabajo en el huerto. Cuando entró en casa a lavarse las manos, A. S. estaba en la cocina preparando la masa de una tarta.

—¿Tienes sed? —preguntó con voz arisca, se limpió la harina de las manos y le sirvió un vaso de agua a Sardine.

Sardine se lo bebió en silencio.

—Han sobrado dos plantones de lombarda —comentó—. ¿Me los puedo llevar?

Su abuela asintió.

—Pero ten en cuenta que necesitan mucho abono.

—Sí, ya lo sé. —Los repollos y los tomates aguantan lo que les echen, las judías no tanto. Había oído eso cientos, o mejor dicho, miles de veces—. Vendré a traer a *Bella* esta noche —anunció Sardine. Luego ató a la perra con la correa, se montó en la bici y se marchó. Seguro que Fred ya estaba en la guarida del árbol.

Los Pigmeos habían tenido ya una cabaña encima de un árbol, en la arboleda que antiguamente rodeaba la chatarrería. Pero aquella arboleda había desaparecido hacía ya mucho tiempo, y con ella, la guarida de los Pigmeos. Donde antes había árboles y una charca, ahora había basura y coches oxidados.

Los Pigmeos habían lamentado mucho la pérdida de su cabaña, pero finalmente habían decidido construir otra, no muy lejos del terreno donde las Gallinas Locas tenían su caravana. A Sardine no le hacían mucha gracia las cabañas en los árboles, porque tenía vértigo, pero con el tiempo se había acabado acostumbrando a ver el mundo desde allí arriba, y hasta había adquirido soltura escalando por la empinada escalera. Lo único que tenía que hacer era no mirar hacia abajo mientras subía.

En la zona del bosque donde los Pigmeos habían construido su nueva guarida se alzaban jóvenes hayas, robles y unos cuantos abetos muy larguiruchos. Entre los esbeltos troncos crecían arbustos de saúco y frambuesos silvestres, cuyas espinosas ramas suponían un obstáculo

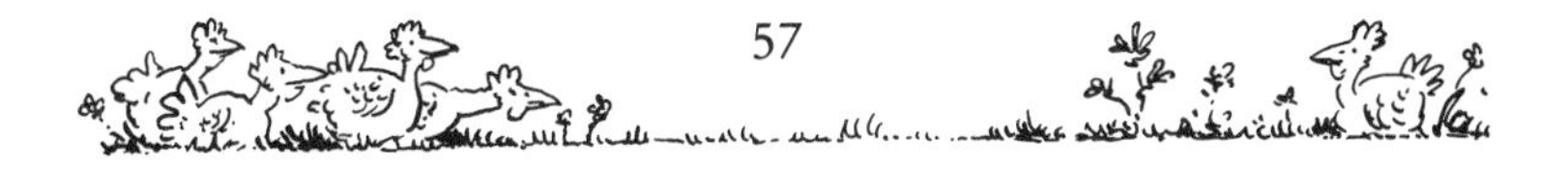

considerable para deslizarse en silencio hasta el pie de la escalera; sobre todo, si uno iba acompañado de una perra jadeante y nerviosa.

A Sardine le divertía quedarse escuchando a los chicos un rato antes de advertirles de su presencia. No había vuelto a tropezarse con los alambres, una pieza del mecanismo de alarma que había ingeniado Torte, y con el volumen al que sonaba la música a todas horas en la cabaña, no era necesario esforzarse por ser muy sigiloso.

Ese día Sardine tenía la esperanza de que Fred estuviera solo. Steve había recibido la visita de su familia de Grecia y no podía salir mucho de casa; Torte por fin se había enamorado, y Willi pasaba los sábados con su nueva novia. Pero cuando Sardine se acercó al inmenso roble, en cuya copa se habían instalado los chicos (era el árbol más grande, tanto en altura como en diámetro del tronco), llegaron a sus oídos varias voces a la vez. Al parecer estaba reunida la pandilla de los Pigmeos al completo, y la radio estaba apagada.

Sardine le acarició la cabeza a *Bella* para tranquilizarla, avanzó hasta situarse justo debajo de la plataforma sobre la que se alzaba la cabaña y se apoyó en el tronco. Por un momento pensó que tal vez era mejor darse la vuelta. No estaba de humor para aguantar los estúpidos chistes de Torte, y Fred era muy distinto cuando los demás enanos del bosque se encontraban presentes. Pero tampoco le apetecía estar sola y, al fin y al cabo, le había prometido a Fred que pasaría por la cabaña, aunque sólo fuera para recoger las plantas que hubiera traído de casa de su abuelo. Casi todos los fines de semana, Fred se llevaba del huerto familiar de su abuelo una cesta llena de plantones. De no ser por las cestas de Fred, los bancales de Frida estarían casi vacíos.

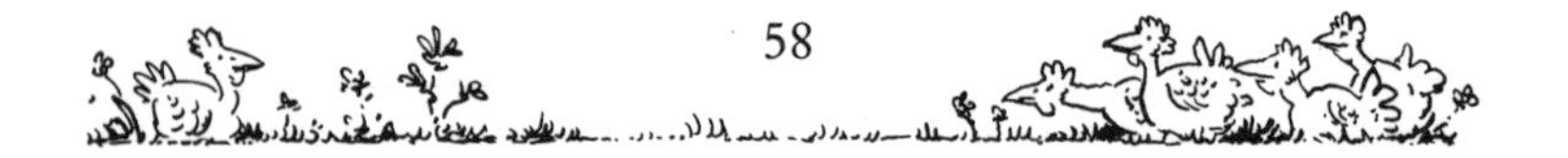

Sardine respiró hondo y escuchó la algarabía de voces que provenían de las alturas. A lo mejor lograba convencer a Fred para que dejara un rato solos a los enanos del bosque y la acompañara a la caravana.

—Venga, tío, cuéntanos... —La voz de Torte era inconfundible. Era el único de los Pigmeos al que todavía no le había cambiado—. La jefa de las Gallinas y tú... lo habéis hecho, ¿no?

Sardine notó que se ruborizaba. Sintió que la cara le ardía. Contuvo la respiración, sin saber qué deseaba más: si coger al canalla de Torte y zarandearlo hasta que se tragara su propio descaro o escuchar la respuesta de Fred.

—¡Cierra el pico, Torte! —Ése era Willi—. No tienes ni idea del tema, así que más vale que te calles.

—Pero ¿de qué vas? —Torte soltó un gallo—. ¿Acaso crees que no me entero, sólo porque no tengo una novia tan vieja como la tuya? Yo...

—¡Basta ya, Torte! —Ése era Fred. Lo dijo en tono refunfuñón. Era lo que Wilma llamaba con sarcasmo su voz de «cuidadito-que-aquí-el-jefe-soy-yo»—. Ahora no te hagas el conquistador, que hasta Steve sabe más de chicas que tú...

—¡Desde luego! —Las suelas de los zapatos de Steve se balanceaban sobre la cabeza de Sardine—. Desde que se pasa el día pegado a los labios de esa pobre chica, se cree el mismísimo Casanova.

—¿Y qué pasa? ¡Al menos yo tengo unos labios que besar! —A Torte le temblaba la voz de pura rabia—. Además, ¡no sé por qué ni siquiera puedo hacer una pregunta sin que me echéis la caballería encima!

—Bueno, está claro que la pregunta no venía a cuento. —Willi se había sentado al lado de Steve. Para Sardine,

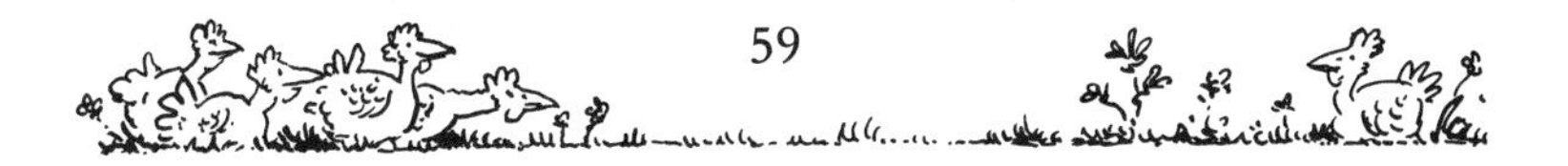

el que los chicos pudieran sentarse tan tranquilos con las piernas colgando constituía un misterio incomprensible. A ella se le revolvía el estómago sólo de pensarlo.

—Ah, ¿sí? No sé quién te has creído que eres, en serio. —Torte volvió a la carga. Por lo visto tenía ganas de guerra.

—Eh, Torte, *peace*. ¡Que por el momento tus cartas no pintan nada bien! —Steve era, de los cuatro, el que tenía la voz más grave.

«Claro —decía siempre Melanie—, como los tambores. Cuanto más grandes, más graves. Es la ley de la naturaleza.»

—Bah, ¡a la porra con las cartas! Willi no tiene motivos para darse tantos aires. Va pavoneándose por ahí como si él fuera el-no-va-más-de-los-expertos-en-chicas, como si al verlo todas se derritieran como... como... —Torte comenzó a tartamudear—, como una tarta helada o algo así. Cuando todo el mundo sabe que Melanie va detrás de todo el mundo. Hasta de ese flacucho de noveno...

Willi se levantó de un salto.

«Oh, oh —pensó Sardine—, ahora es cuando Torte sale volando de la cabaña. Es el momento de cacarear.»

Su silbido hizo enmudecer al instante las voces airadas que provenían de la guarida. Nadie silbaba como Sardine —«Es como si te clavaran una aguja en el tímpano», decía Fred—, y él supo enseguida quién aguardaba al pie de la escalera. Su cabeza color zanahoria apareció tras el borde de la plataforma.

—¡Eh, jefa de las Gallinas! —exclamó con una sonrisa más nerviosa que de costumbre—. ¿Cuánto tiempo llevas ahí?

—El suficiente —respondió Sardine—. ¿Te apetece bajar?

—¡Creo que te espera una buena, jefe! —oyó comentar a Steve. Luego Torte se asomó a la plataforma para mirar.

—Te acabo de salvar el pellejo, ¿eh? —le dijo Sardine desde abajo mientras Fred descendía por la tambaleante escalera.

—¿Cómo? ¿De qué estás hablando? —Torte intentó hablar en un tono despreocupado, pero llevaba la palabra alivio tatuada en la frente.

—Sólo te digo una cosa: ¡no cantes victoria antes de tiempo! —exclamó Sardine—. Tal vez te hayas librado de un buen puñetazo de Willi gracias a mí, pero como vuelvas a hacer otro comentario estúpido sobre Meli, el puñetazo de Willi no será nada comparado con lo que te ocurrirá.

—¡No lo he dicho con mala intención! —replicó Torte con voz estridente—. Estaba hablando por hablar. ¿Por qué todo el mundo la toma conmigo?

Entretanto Fred había aparecido junto a Sardine, a quien no dejaba de asombrarle lo rápido que el Pigmeo se deslizaba por la escalera. Fred le acarició la cabeza a *Bella* y le pegó un tirón de pelo a Sardine.

—No te enfades —le dijo—. Torte saca de quicio a cualquiera, pero ya se encarga Willi de que no diga nada malo de Melanie. ¡Ostras! —exclamó Fred asustado, mirándola a la cara—. Estás muy pálida.

—¡No es por eso! —respondió Sardine, apurada. Levantó la vista. Torte y Steve continuaban observándolos desde la plataforma. Willi fue el único que se apartó.

—Oye, ¿podéis largaros de ahí de una vez? —gritó Fred—. ¡No estáis en el cine! —Las dos cabezas desaparecieron al instante, pero Torte, cómo no, no pudo contener una risita tonta.

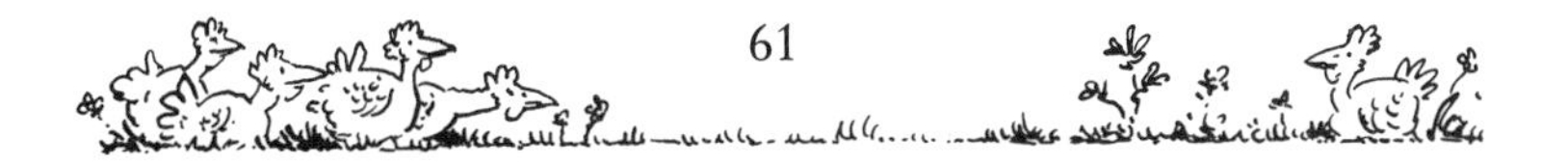

—Entonces, ¿qué te ha pasado? —Fred posó las manos sobre los hombros de Sardine y la miró expectante—. Venga, cuéntamelo. Pareces una gallina con un grano de maíz atascado en la garganta.

Sardine bajó la cabeza.

—Bah, es que A. S. me ha contado unas cosas muy extrañas —murmuró—. Sobre unas cartas... y sobre mi padre.

—¿Tu qué?

Sardine soltó una carcajada, aunque en realidad no tenía ganas de reír. No era de extrañar que Fred se hubiera quedado patitieso. Probablemente ésa era la primera vez que la oía pronunciar esa palabra.

—¡Eh, Torte, ya estás otra vez cotilleando! —se oyó comentar a Steve—. ¿Es que quieres buscarte problemas también con el jefe?

Sardine alzó la vista. No se veía a nadie. Sin embargo, sabía bien que allí arriba había tres Pigmeos, y ella necesitaba pasar un rato a solas con Fred.

—¿Vienes conmigo a la caravana? —le preguntó en voz baja. *Bella* le lamió la mano. Se estaba aburriendo. Sardine le rascó las orejas para tranquilizarla—. Quiero llevarle las plantas a Frida —añadió—. Las has traído, ¿verdad?

—Claro —asintió Fred—, están ahí, debajo de los arbustos. Lechugas, lombardas, e incluso he cogido algunas judías enanas. ¡Eh, vosotros! —exclamó dirigiéndose a la guarida—. Me voy con la jefa de las Gallinas a la caravana. Vuelvo en un par de horas.

En medio segundo Torte asomó la cabeza por la plataforma. Después aparecieron también Willi y Steve.

—Yo tengo que irme dentro de una hora —dijo Wi-

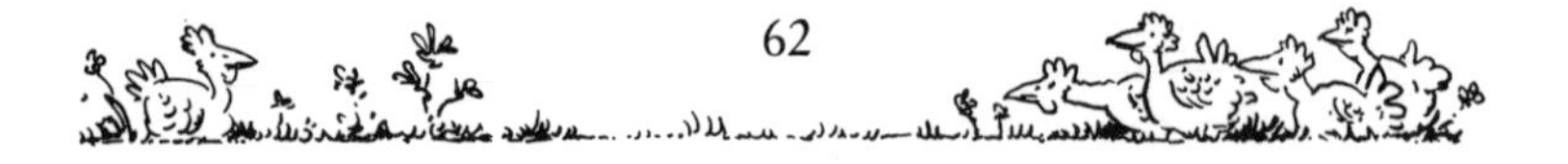

lli—. Ya sabes... —Y le lanzó una mirada a Sardine con aire avergonzado.

—¡Yo también tendré que irme! —anunció a continuación Steve.

—¡Y yo! —agregó Torte—. Pero ¡espero que te lo pases muy bien con la jefa de las Gallinas! —exclamó entre risitas histéricas.

Willi le tapó la boca y lo apartó del borde de la plataforma.

—¡Este chaval es tonto de remate! —se le oyó gruñir desde arriba.

Y nadie le llevó la contraria.

Recorrieron el camino hacia la caravana muy despacio, tanto que Sardine tuvo tiempo de contárselo todo a Fred y desahogarse. Lo que hacía con Fred no podía hacerlo con nadie más, ni siquiera con Frida o con su madre. Fred era sin duda el mejor confidente que jamás había tenido.

—¿No sientes curiosidad por saber cómo es? —le preguntó Fred mientras apoyaban las bicis contra el cartel que prohibía la entrada de Pigmeos—. Cómo es tu padre, quiero decir.

—No, no tengo la más mínima curiosidad —respondió Sardine—. Llevo trece años sin él y me ha ido muy bien.

Fred se limitó a asentir con la cabeza, pero Sardine sabía perfectamente lo que estaba pensando. Él habría echado de menos a su padre. Su padre le gustaba. Le gustaba mucho. Lo acompañaba al fútbol y al cine, y a los dos les encantaba pasarse horas y más horas viendo aburridísimas carreras de coches por la tele. Probablemen-

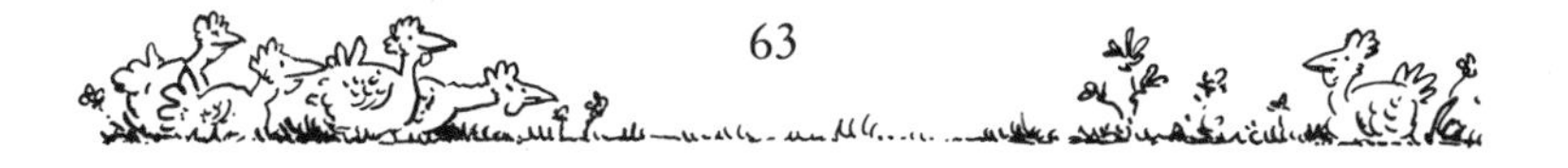

te, para ese tipo de cosas, era bastante útil tener un padre. Pero Sardine no podía imaginarse de qué podía servirle a ella. Además, seguro que el suyo no era tan simpático como el de Fred. A lo mejor era un monstruo, como el padre de Willi, o un protestón como el de Wilma. O quizás era un sinvergüenza y un traidor como el padre de Trude, que se había marchado con otra mujer y no hacía más que regalarle cosas a Trude para acallar su mala conciencia.

—¡No! —exclamó Sardine mientras abría el portillo del cuartel—. Mi madre tiene todo el derecho a no querer saber nada de él. Por mí que se case con el Sabelotodo. Si eso la hace feliz...

Detrás del seto, recostadas sobre la hierba, había dos bicicletas. Una era de Wilma; la otra no les sonaba de nada. Sardine miró extrañada a su alrededor, pero no vio a nadie. ¿No había dicho Wilma que tenían ensayo?

—¿Quieres que deje los plantones ahí, en los bancales? —preguntó Fred, y la miró con gesto interrogante—. Yo creo que necesitan agua. —Algunos estaban tan mustios que les colgaban las hojas.

Sardine le desató la correa a *Bella* y consultó el reloj.

—Frida llega dentro de una hora —dijo—. Voy a ver dónde ha dejado la regadera.

Fred colocó los plantones de su abuelo junto al bancal de las lechugas de Frida, y Sardine se dirigió hacia la caravana. Le había parecido ver a alguien por la ventana, y al poner el pie en el primer escalón, la puerta se abrió y apareció Wilma. Estaba de espaldas a ella, riendo y haciendo grandes aspavientos mientras hablaba, como era habitual en ella. Luego se dio la vuelta y vio a Sardine.

Sardine jamás había visto a nadie tan pálido, salvo

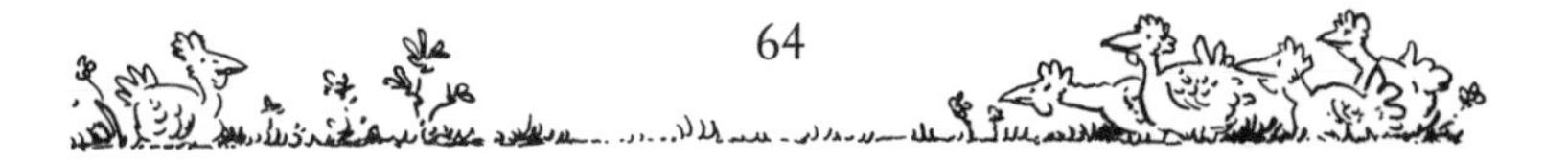

aquella vez que Kerstin, una chica del colegio, se desmayó en mitad de la clase de mates mientras escribía en la pizarra.

—Hola, Wilma —dijo Fred, y cogió a Sardine de la mano.

Wilma miró a Fred con la misma expresión de bochorno que a Sardine.

—Hola, Fred —masculló Wilma—. ¿Qué... qué... qué estáis haciendo aquí? Frida me dijo que... —En ese instante se interrumpió y volvió la vista hacia el interior de la caravana—. Nosotras, bueno, es que yo... he venido a enseñarle las gallinas a Leonie. Nunca había visto una gallina. Es curioso, ¿verdad?

Leonie asomó la cabeza por la puerta con la cara casi tan pálida como Wilma.

—Y... ¿te han gustado? —preguntó Fred—. Son unos bichos muy traicioneros, te lo advierto. Si te descuidas, te pueden pegar un buen picotazo en el ojo.

—Sí, eso me ha explicado Wilma. —Leonie sonrió aliviada.

Sardine se habría comido a besos a Fred allí mismo. Siempre encontraba las palabras adecuadas en el momento adecuado. Bueno, casi siempre.

—Frida y yo queríamos plantar después unas verduras —comentó Sardine, que ni mucho menos se expresó con la misma naturalidad que Fred. Había algo raro en la forma en que Wilma miraba a Leonie...

—Bueno, ¡pues salúdala de mi parte! —exclamó Wilma—. Nosotras nos vamos ya, porque tenemos ensayo, ya sabes. —Wilma, que parecía tener prisa por despedirse de Sardine, bajó las escaleras. Leonie la siguió. Al pasar junto a Sardine y a Fred esbozó una tímida sonrisa.

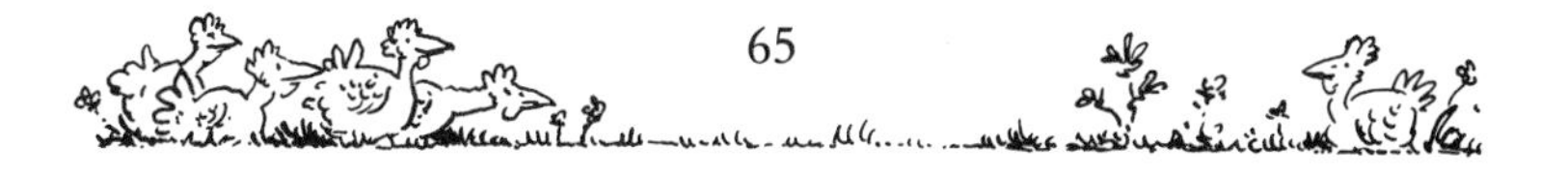

—Oye, antes de que se me olvide —exclamó Fred tras ellas—. El viernes que viene celebramos una fiesta en nuestra guarida. Está permitida la entrada de Gallinas. Y de todo el que quiera venir, claro.

Sardine se volvió hacia él, sorprendida.

—¿Una fiesta? ¿Qué tipo de fiesta?

Fred se encogió de hombros.

—No sé, una fiesta. Ha sido idea de Steve. Pensaba decírtelo, pero como no me has dejado meter baza en todo el camino...

Sardine asintió. Wilma y Leonie arrastraron las bicicletas y atravesaron el portillo desvencijado. No iba a aguantar ni un invierno más. Wilma les dijo adiós con la mano antes de marcharse con Leonie. Sardine las siguió con la mirada hasta que desaparecieron tras el seto.

—¿A qué viene esa cara? —le preguntó Fred, y tiró de ella hacia la caravana—. Venga, vamos, que hoy tenemos todo vuestro cuartel para nosotros solos hasta que llegue Frida.

Sardine se dejó llevar en silencio, pero volvió la vista atrás una vez más, como si Wilma siguiera allí, con Leonie.

Estaba enfadada consigo misma por los extraños pensamientos que la habían asaltado desde que Wilma había salido de la caravana.

—Steve las vio una vez —soltó Fred de repente.

—¿A quiénes? —Sardine lo miró con recelo. El corazón le latía a mil por hora.

—Pues ¿a quiénes va a ser? A ellas dos. Las pilló por sorpresa en un ensayo, detrás del escenario. Uf, no te imaginas lo trastocado que se quedó. Menos mal que vino a contármelo a mí y no eligió a Torte.

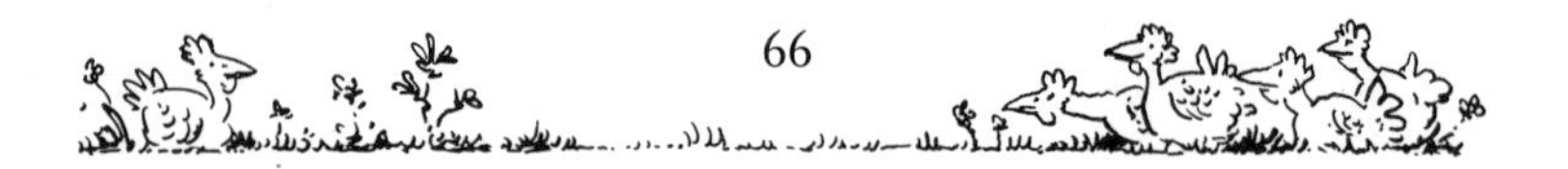

Fred empujó a Sardine para que subiera las escaleras.

—Pero... —Sardine no sabía qué decir. Se había quedado sin palabras.

—¡Oye, no pongas esa cara! Que no es ninguna enfermedad contagiosa. —Fred cerró la puerta tras ellos—. A mí también me gustan más las chicas que los chicos. Podría decirse que Wilma y yo tenemos el mismo gusto.

Sardine meneó la cabeza, incrédula. Le habría encantodo poder tomárselo con la misma calma que Fred, pero tenía el corazón en un puño. Los ojos se le fueron hacia una foto que Frida había pegado en la puerta de la caravana. La habían sacado el día que inauguraron la caravana. Salían todas abrazadas, Wilma estaba entre Sardine y Frida.

—¿Crees que debería contárselo a las demás? —preguntó en voz baja.

Fred se encogió de hombros.

—No lo sé. Yo creo que eso no le va ni le viene a nadie. Aunque por otro lado... Bah, yo qué sé.

Sardine seguía con la mirada fija en la foto.

—Pero bueno, jefa de las Gallinas, ¡vuelves a estar blanca como el papel! —exclamó Fred, tocándole la punta de la nariz—. Mi tía, la hermana de mi madre, también lo es.

—¿En serio? —Sardine lo miró alucinada.

Fred encogió los hombros y sonrió.

Sardine dio un hondo suspiro; muy, pero que muy hondo. Todo aquello la estaba superando. Primero la conversación sobre su padre, y ahora esto.

Fred miró el reloj.

—Jo, sólo nos quedan veinticinco minutos hasta que llegue Frida —protestó—. ¿Quieres dejar de pensar en Wilma de una vez y ocuparte un poquito de mí?

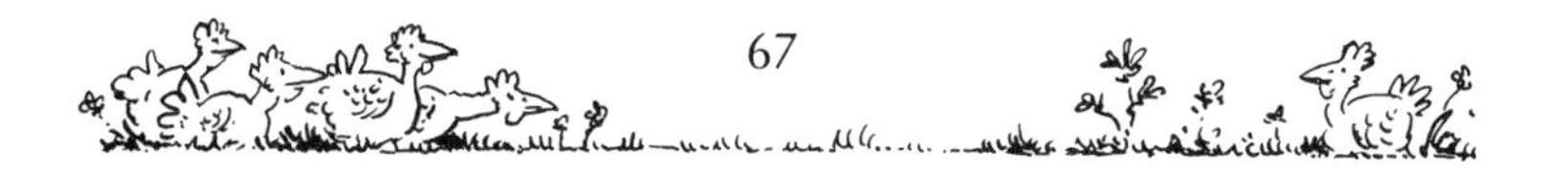

Los domingos sólo son ligeramente peores que los sábados, y ese domingo tuvo un comienzo de lo más prometedor.

A Sardine la despertó el olor a leche caliente con cacao y, al abrir los ojos, lo primero que vio fue a su madre con una bandeja repleta de todo lo que uno le pediría a un buen desayuno dominguero: huevos cocidos, cruasans de chocolate, bollos recién hechos (bueno, lo más seguro es que fueran congelados y horneados en casa, pero no estaban nada mal) y, por supuesto, el cacao, cuyo aroma había conquistado el olfato de Sardine.

—¿Me dejas sitio? —susurró su madre, y Sardine se echó a un lado. El colchón era tan ancho que la bandeja cupo en el medio.

Era el colchón de la cama vieja de su madre. Sardine se había quedado con la habitación y con la cama, pero el somier había ido a parar a la basura.

Sardine prefería dormir con el colchón puesto directamente en el suelo.

—¿Todavía sigues enfadada por lo del cambio de ha-

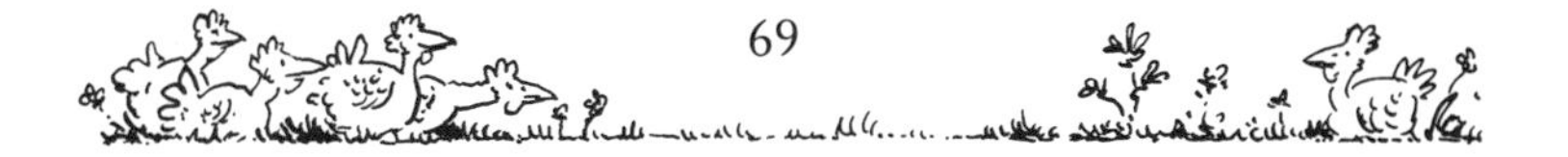

bitaciones? —le preguntó su madre mientras se tomaba el café.

—¡Qué va! —murmuró Sardine—. Cuando a uno le traen a la cama leche calentita con cacao y huevos cocidos para desayunar, ¡es imposible cabrearse!

—¡Sí que estás enfadada! —Su madre le puso un bollo de pan en el plato—. Todavía no has colgado ni una foto en la pared, y ni siquiera has sacado los libros de las cajas.

Tenía razón. La habitación estaba como si Sardine se hubiera mudado el día anterior, pero en realidad llevaba durmiendo allí más de dos meses. A Fred también le había llamado la atención ver todas las cajas por ahí tiradas.

—Bah, ya lo haré —murmuró Sardine. En ese momento no quería hablar del tema. Sólo le apetecía desayunar y disfrutar de que su madre y ella pudieran pasar un rato juntas.

—¿Él sigue roncando? —preguntó.

Su madre asintió.

—No entiendo cómo no se nos cae el techo encima. Cualquier día le voy a meter un tapón de corcho por la nariz.

Del ataque de risa que les entró, se atragantaron con el pan. Antes desayunaban juntas casi todos los domingos, se llevaban la tele a la habitación, veían alguna película y se hartaban de comer hasta que no les cabía nada más. Pero desde que el señor Sabelotodo roncaba como un oso en la cama de la madre de Sardine, los desayunos de ese tipo se habían convertido en algo extraordinario. Por eso Sardine no quería estropearlo por nada del mundo; de ahí que no mencionara nada de lo ocurrido el día anterior. No dijo ni una palabra sobre A. S., ni sobre las cartas de

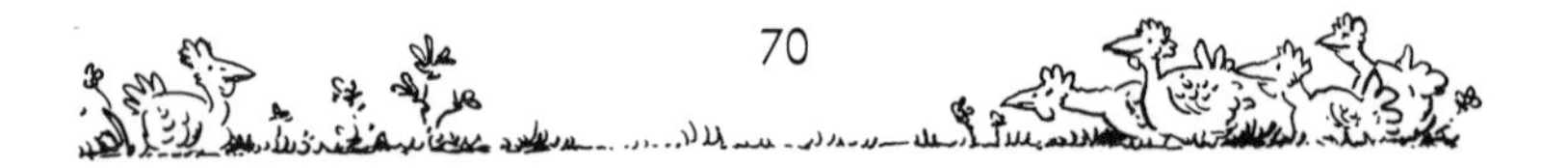

su padre, ni sobre chicas enamoradas. Aunque no le resultó nada fácil.

Sin embargo, sí habló sobre la fiesta que planeaban los Pigmeos, sobre los parientes griegos de Steve, e incluso sobre el corazón roto de Meli; y su madre se estuvo quejando de que el Sabelotodo había encontrado otra tienda nueva de vestidos de novia, de que quería invitar a más de ciento cincuenta personas a la boda, de que había intentado convencerla para que se hiciera la permanente («¿Te imaginas? ¿Yo con rizos?»), y de que la clientela de los taxis era cada vez más tiquismiquis.

Durante un rato se lo pasaron bien, muy bien, mientras oían a través de la pared los retumbantes ronquidos del señor Sabelotodo, que dormía en la habitación de al lado.

—¿Sabes lo que haré si no nos llevamos bien? —comentó la madre de Sardine cuando iba ya por el tercer panecillo—. Alegaré los ronquidos como motivo de divorcio. Lo grabaré en una cinta y cualquier juez que lo oiga tendrá que darme la razón.

—¡Buen plan! —exclamó Sardine con la boca llena, de modo que en realidad sonó como «fuen flan».

Y en ese instante llamaron a la puerta.

—¿Quién será? —le preguntó su madre—. ¿Has quedado con Fred?

—Hoy se ha ido a pasar el día con su abuelo —respondió Sardine meneando la cabeza.

Su madre suspiró, retiró el edredón y se enfundó la bata.

—Como sea tu abuela —murmuró mientras caminaba a tientas por el pasillo—, mira...

Sardine oyó que abría la puerta, y luego ya no oyó nada más.

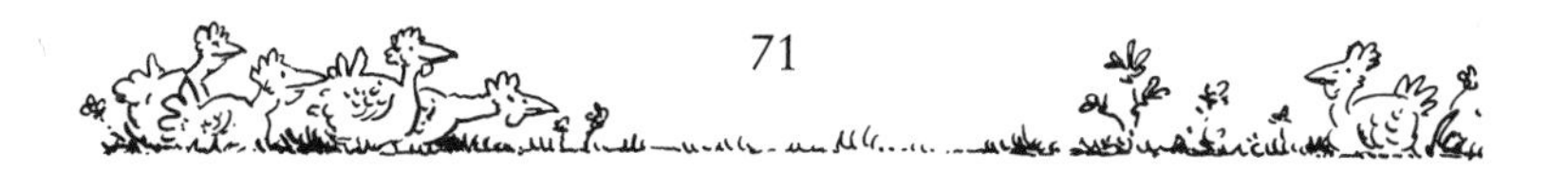

Silencio total.

Rápidamente saltó por encima de la bandeja, se dirigió hasta la puerta y se asomó al pasillo.

Su madre estaba delante de la puerta abierta, sin habla.

—Hola —dijo una voz de hombre. Y después, como su madre seguía sin pronunciar palabra—: Tu madre me ha..., bueno, me ha contado que te casas dentro de poco, y que querías... que pasara por aquí.

Sardine miró a su madre. Ésta seguía sin articular palabra, pero no hacía falta. Sardine sabía perfectamente quién era el que estaba en la puerta. Lo supo en el preciso instante en el que oyó la voz del desconocido, y su primer impulso fue esconderse en su habitación nueva, acurrucarse bajo el edredón y esperar a que volviera a marcharse. Pero su madre estaba tan aturdida que Sardine no podía dejarla allí sola, así que reunió todo su valor (aunque a decir verdad ya no le quedaba mucho), puso la cara más desagradable que encontró a mano y se acercó a ella.

Su madre le cogió la mano, aliviada. Sardine tuvo la sensación de que agradecía muchísimo su apoyo. Incluso recuperó la voz.

—¡Le voy a cortar el cuello! —dijo sin apartar la vista del hombre que se encontraba en la puerta—. Aunque sea lo último que haga, ¡le corto el cuello a esa bruja!

¿Con qué cara se mira a un padre que te abandonó cuando tú ni siquiera habías aprendido a andar? Sardine evitó mirarlo. Algunas veces se había imaginado lo que le diría el día que lo tuviera delante, cómo lo miraría de arriba abajo, con desprecio...

Era muy distinto a como ella se lo había imaginado.

—¡Oh, maldita sea, claro! ¡Tendría que haberlo su-

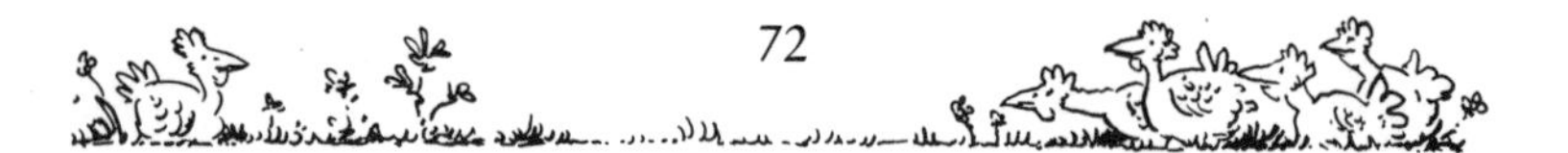

puesto! —Él se llevó las manos a la cara sin saber qué hacer con el ramo de flores. Cuando desvió la vista hacia Sardine, ella apartó la mirada—. ¡Tu madre se lo ha inventado todo! ¡Cómo no lo he imaginado! No tenías ningunas ganas de verme. ¿Por qué ibas a haber cambiado de opinión de repente?

—Tú lo has dicho —asintió su madre. Su voz sonó extraña.

—¡Lo siento! Ya me voy.

En esa ocasión Sardine no volvió la cabeza lo bastante rápido y la mirada del hombre la atrapó de lleno. Él intentó incluso lanzarle una sonrisa, pero evidentemente Sardine no se la devolvió. Se limitó a pasar de él. Y funcionó.

—¡Se parece a ti! —apuntó él.

—No es verdad —contestó su madre.

Sardine se sintió fatal. Como si dentro de ella hubiera despertado otra Sardine, una Sardine que tenía olvidada desde hacía mucho tiempo, una Sardine frágil y pequeña, de apenas cuatro o cinco años. Ojalá Fred hubiera estado allí. Con él siempre se sentía mayor, nunca se sentía como una niña, una niña pequeña con un padre que no quería tener.

Ella no se parecía a él, ni mucho menos. Vamos, para nada.

El hombre parecía más joven de lo que había imaginado.

Y era muy distinto al padre de Fred. Y al de Willi. Y al de Trude. Y al de Wilma.

—Te deseo mucha suerte con la boda —le dijo a su madre. Vaciló un momento y a continuación dejó el ramo de flores sobre el felpudo. Luego metió la mano en el bol-

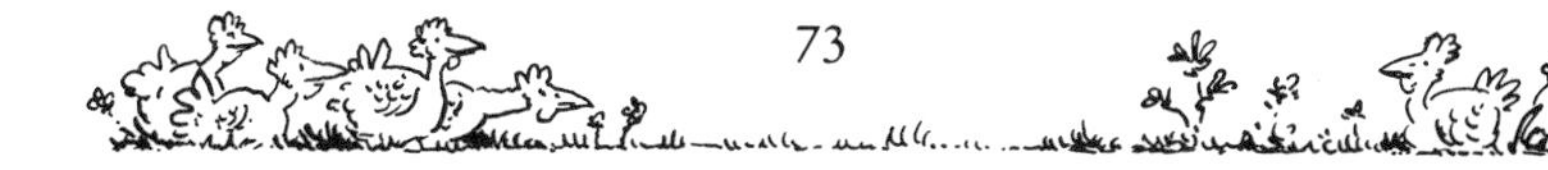

sillo de su chaqueta de cuero, que era prácticamente igual a la que Fred llevaba siempre y sólo se quitaba para dormir, y colocó un pequeño paquete junto a las flores.

—Esto es para Geraldine —dijo, sin mirarla. Y luego dio media vuelta y se marchó.

La madre de Sardine avanzó un paso y lo siguió con la mirada. Él ya estaba en las escaleras cuando la madre exclamó:

—Algún día de estos que estés por aquí —dijo, y dio la sensación de que no sabía si optar por un tono de voz seco y distante o por uno simplemente despreocupado—, a lo mejor deberías quedar con Geraldine.

Sardine la miró horrorizada. ¿A qué venía eso? ¿Es que se había vuelto loca?

Su padre se había detenido.

—Pero no en tu casa. Tendrás que venir tú aquí —añadió la madre.

«¿De qué está hablando?» Sardine sintió el impulso de taparle la boca, pero de todas formas ya era demasiado tarde.

Su padre la miró. Y esa vez Sardine le devolvió la mirada con toda la frialdad que pudo. ¡Él sonrió!

—¡Me da la impresión de que no la entusiasma la idea! —exclamó—. Pero de todas formas te llamaré para hablarlo.

—Pídele el número a mi madre. Por lo que veo sois muy buenos amigos.

—Ya lo tengo —respondió él.

En ésas se abrió la puerta de la antigua habitación de Sardine.

—Eh, ¿dónde os habéis metido? —exclamó el Sabelotodo mientras avanzaba por el pasillo bostezando. Luego

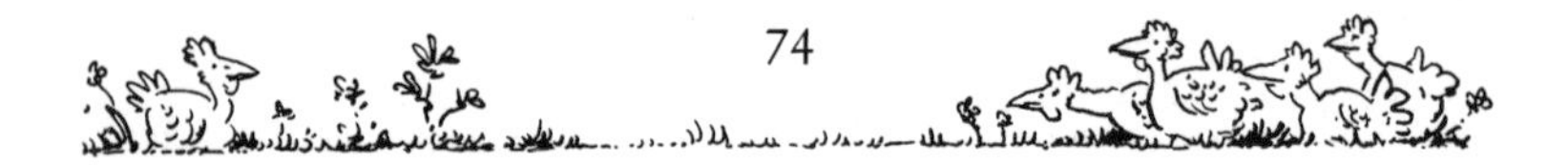

se quedó parado detrás de la madre de Sardine con cara de perplejidad.

—¿Una visita dominical? —preguntó, y se le fueron los ojos hacia las flores, que yacían sobre el felpudo. Abajo se oyó la puerta.

La madre de Sardine se agachó a recoger el ramo. Luego se agachó de nuevo y le dio a Sardine el paquete.

Sardine lo tomó con las puntas de los dedos, como si quemara.

Su madre colocó las flores en un tarro viejo de mermelada, se vistió y se fue a casa de la abuela Slättberg. La única explicación que le dio al señor Sabelotodo, que no salía de su asombro, fue que tenía que aclarar un par de cosillas con su madre.

—¿De quién eran los regalos, Sardine? —preguntó él, cuando su madre cerró la puerta. Parecía bastante apesadumbrado, y llevaba la palabra «celos» escrita en la frente en letras brillantes.

—Nadie que deba preocuparte —respondió Sardine—. A mamá no se le da muy bien hablar de él.

Al Sabelotodo no pareció tranquilizarle especialmente esa respuesta, pero Sardine tenía demasiadas cosas en la cabeza como para, encima, tener que consolar al novio de su madre. Sin mediar una sola palabra más pasó de largo, lo dejó allí plantado con su pijama rojo a rayas, y se refugió en su habitación, su nueva habitación de paredes desnudas y cajas repletas de libros y cachivaches.

Dejó el paquete de su padre encima de la repisa de la ventana y no volvió a tocarlo en todo el día. No lo abrió hasta la madrugada, tras haber pasado horas en la cama

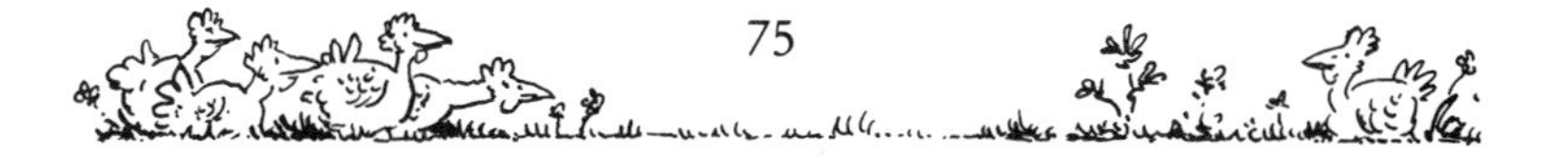

sin poder dormir, contemplando la luna, que brillaba sobre los tejados, pálida y delgada.

El paquete estaba envuelto con papel de seda azul muy clarito, y dentro había una caja casi del mismo color. En su interior encontró una cadena compuesta de montones de minúsculas hojas de plata. Sardine la sacó con cuidado, la acarició suavemente hoja por hoja y la dejó caer sobre la sábana azul oscuro.

Se quedó contemplándola hasta que se le cerraron los ojos.

Pero por la mañana, antes de que su madre fuera a despertarla para ir a desayunar, escondió la cajita azul celeste y el papel de seda en una de las cajas de cartón.

—¿Es guapo? —Evidentemente ésa fue la primera pregunta que hizo Melanie—. ¿Qué? ¿Es más guapo que el Sabelotodo? Cuenta, cuenta.

En realidad Sardine habría querido contarle lo de la visita del domingo sólo a Frida, pero en un momento dado apareció Trude, y al final acabaron enterándose todas las Gallinas.

Frida lanzó un hondo suspiro y rodeó a Sardine por los hombros con un gesto fraternal.

—Jolín, Meli, ¿cuándo vas a entender de una vez que el físico no lo es todo?

—Ah, ¿no me digas? Entonces seguro que tú te has enamorado de Maik porque es muy feo, ¿no?

Frida no supo qué responder.

—¡Pues yo no entiendo por qué la madre de Sardine no le cerró la puerta en las narices nada más verlo! ¿Y qué pasa si ahora le da por telefonear? ¿O si vuelve a presentarse en su casa? ¡Uf! —Wilma parecía sentirse un poco incómoda al mirar a Sardine a la cara, pero por lo demás era la Wilma de siempre.

—¡Menuda bronca le habrá echado a tu abuela! —exclamó Trude con un brillo en los ojos, y sintió un placentero escalofrío al imaginarse la escena.

—¿Estás segura de que tu abuela sigue viva? —preguntó Frida.

—Segurísima —respondió Sardine con sequedad—. Es capaz de sobrevivir a cosas peores, créeme.

Su madre no había contado casi nada al volver de casa de A. S.

«¡Yo no pienso quedar con él, mamá!», le había dicho Sardine mientras daban cuenta de la comida que había preparado el Sabelotodo. Cocinaba muy bien, por lo visto, incluso cuando estaba triste.

«Bueno, sólo ha sido una idea que se me ha ocurrido. —Su madre se había ruborizado, pero Sardine no quería preguntarle por qué—. Me pareció que... Bueno, al fin y al cabo es tu padre.»

«¿Cómo? ¿Quién?», había preguntado el Sabelotodo, atragantándose con su propio *risotto*. La aclaración sobre quién era el que se había presentado el domingo por la mañana en la puerta no le había dejado precisamente contento.

—¡No sé! —exclamó Frida, pensativa—. Yo creo que quedaría con él. No podría resistir la curiosidad de saber cómo es.

—¡Eso es lo que digo yo! —intervino Melanie—. Pero como Sardine se niega a contarnos cómo es...

—¿Y qué? Al fin y al cabo no es asunto nuestro. Es una cuestión privada. ¿Has oído hablar de eso alguna vez? —Wilma echó una ojeada al pasillo con disimulo. Leonie estaba con unas chicas de la otra clase delante del aula de música.

Los Pigmeos todavía no habían llegado, pero eso no era nada extraordinario. Faltaban cinco minutos para que diera comienzo la primera clase, y por lo general aparecían cuando la señorita Rose ya avanzaba por el pasillo entre la marabunta.

—Tuvo que ser horrible que se presentara de repente en la puerta —comentó Trude—. A mí me entra dolor de barriga cuando sé que faltan pocos días para ver a mi padre, y eso después de dos semanas... ¡Imagínate al cabo de trece años!

—No te creas, tampoco fue tan horrible —repuso Sardine, encogiéndose de hombros—. Total, como no lo conozco...

Había que ver lo bien que mentía. Frida le lanzó una mirada pensativa. Probablemente ella era la única que sabía descifrar qué ocultaba en realidad el rostro inexpresivo de Sardine.

—¿Ya se lo has contado a Fred? —le preguntó por lo bajo.

Sardine negó con la cabeza.

Leonie le hizo una señal a Wilma con la mano.

—Ahora vuelvo —dijo Wilma. Fingió que no tenía ninguna prisa y echó a andar lentamente con cara de aburrimiento.

¡Menudas actrices estaban hechas! ¡Todas ellas! Pero ¿qué representaban? ¿Lo que querían mostrar a las demás? ¿O lo que en realidad ellas mismas querían ser?

—¿Os habéis fijado? —Melanie puso cara de desprecio—. Leonie le hace un gesto y Wilma va corriendo. ¿Qué habrá visto en esa idiota? Si cree que vamos a aceptarla en la pandilla, está muy, pero que muy equivocada. No hay más que ver cómo va vestida. ¡Como una hippie!

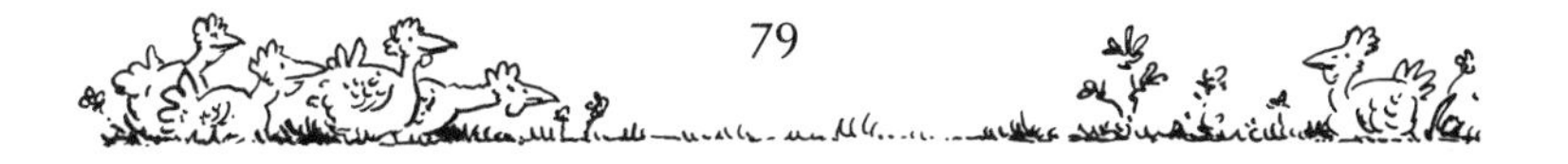

—Pues a mí me encanta cómo viste —observó Frida—. Además, Leonie puede vestir como le dé la gana. Tiene un estilazo que te mueres.

—¿Un estilazo que te mueres? —Melanie se quedó mirando a Frida como si ésta hubiera perdido el juicio—. Desde luego, desde que llevas ese corte de pelo se te ha atrofiado el buen gusto.

—Pues a mí también me parece guapa —apuntó Trude—. Y ni siquiera va maquillada.

—¿Me estás queriendo decir algo? —Melanie se apartó los rizos de la cara—. Cualquiera que os oyera pensaría que os habéis vuelto lesbianas.

Frida le guiñó un ojo a Trude con complicidad.

—Pues claro, ¿no te habías enterado? —le susurró a Melanie al oído—. Nos hemos hecho todas de la acera de enfrente y te hemos dejado todos los tíos buenos para ti solita.

Melanie le pegó un empujón tan fuerte a Frida que la estampó contra el perchero de la pared.

—¡Yo no la quiero! —bramó—. Ya puedes quedártela toda para ti.

—Pues si yo fuera lesbiana —observó Trude bajando el tono de voz—, creo que me enamoraría de Leonie. ¿Os habéis fijado en el pelo que tiene? Es como un hada.

Melanie entornó la mirada y, de pronto, se quedó paralizada. Por un instante Sardine sintió lástima por ella, a pesar de su lengua viperina y de los kilos de pintalabios. Willi se acercaba por el pasillo, acompañado de Fred.

Melanie no sabía hacia dónde mirar. Al final forzó una sonrisa, masculló algo sobre no sé qué vocabulario que tenía que buscar, y se metió en la clase.

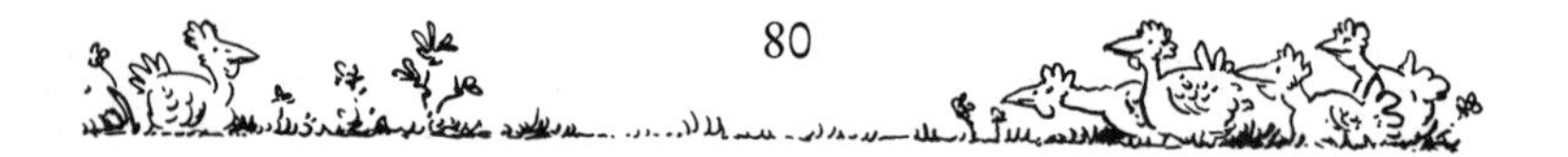

Fred no recibió la noticia sobre el padre de Sardine hasta el primer recreo, ya que, antes de que Sardine pudiera contársela, apareció la señorita Rose por el pasillo. Luego, en el patio, fue inevitable que se enteraran también los demás Pigmeos.

—¡Te doy mi más sentido pésame! —se limitó a murmurar Willi. Después de todo, siempre había envidiado a Sardine por no tener padre.

Steve afirmó que él ya había visto el acontecimiento en sus cartas hacía más de una semana.

—¡Claro! —exclamó, y comenzó a darse golpes en la cabeza, como si fuera a brotarle un árbol de Navidad de la frente—. El misterioso viajero desconocido que iba a sembrar el caos. Lo que pasa es que yo no sabía que tenía que ver con Sardine. ¡Supuse que sería uno de mis familiares de Grecia!

Nadie se creyó ni una palabra, a excepción de Trude, que tenía mucha fe en las habilidades proféticas de Steve desde que éste había augurado que Trude viviría una emocionante historia de amor con una conocida estrella del pop.

Torte se apartó por unos segundos de los labios de su amada para preguntar si eso significaba que la madre de Sardine ya no pensaba casarse con el Sabelotodo.

—¿De dónde te has sacado esa idea? —le espetó Sardine, indignada. Y anunció que no pensaba decir ni una palabra más sobre el asunto. Luego cogió a Fred de la mano y se largó con él a un rincón tranquilo del patio.

—Pero, una cosa: yo todavía tengo algunas preguntas —advirtió Fred cuando llegaron junto al estanque del jardín y ya no había nadie a la vista, aparte de unos cuantos críos de preescolar y algún que otro sapo—. Dime, ¿qué

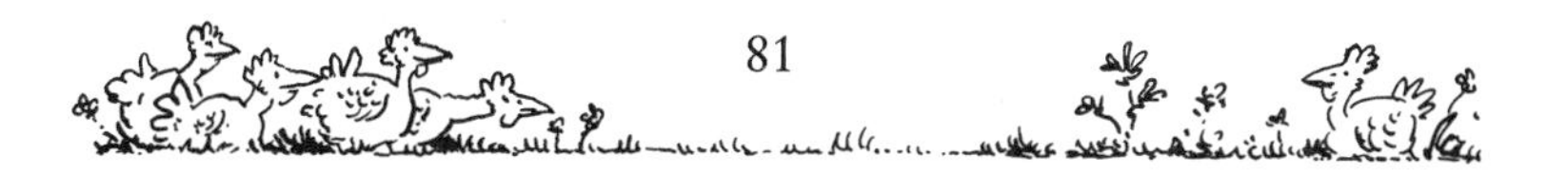

tipo de hombre es? Ten en cuenta que si viviéramos hace cien años yo tendría que ir a pedirle tu mano.

Sardine por poco lo tira al estanque.

—Vale, vale, está bien, era una broma —exclamó Fred entre risas, y la agarró de las muñecas para impedir que ella volviera a empujarlo—. ¡Sólo quiero hacerme una idea de cómo es! ¿Se parece a ti? ¿Está calvo? ¿Lleva unas gafas de lechuza como las del padre de Torte? ¿O es más bien de esos empalagosos que ponen ojos de corderito, como ese tramposo por el que Trude está tan coladita?

—¡No! —Sardine logró al fin soltarse las manos.

Trude llevaba ya un tiempo perdidamente enamorada del ídolo de todas las chicas. Suspiraba cada vez que el chico pasaba por su lado, aunque él ni siquiera se dignara mirarla. Como Steve había sentenciado alguna vez: «Probablemente sería capaz de enmarcar el pañuelo con el que ese tío se limpiaba los mocos.»

—Bueno, entonces es enano y paticorto y le llega a tu madre a la altura del ombligo.

—No quiero hablar de él. —Sardine se agachó a la orilla del estanque y metió los dedos en el agua fría.

«Ni siquiera quiero pensar en él —añadió para sus adentros—. Ojalá no hubiera aparecido nunca, y ojalá yo no supiera nada de las cartas, ni hubiera oído nunca su voz, ni le hubiera visto la cara; y ojalá después de trece años mamá no se hubiera quedado mirándolo al verlo aparecer en la puerta como si siguiera colada por él.

»¡Será posible! ¡Si no piensas en otra cosa!», se dijo llena de rabia. Y le entraron ganas de darse de bofetadas.

—Dime por lo menos de qué trabaja. Venga, porfa —insistió Fred, dándole un codazo.

—Es fotógrafo —murmuró Sardine.

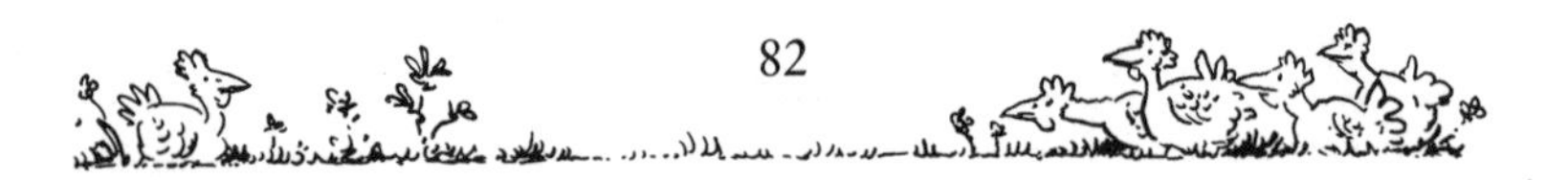

—¿Fotógrafo? ¿De esos que hacen fotos en bautizos y comuniones?

—No. —Sardine sacó un par de algas del estanque y las aplastó con los dedos—. Para revistas. Viaja por ahí y saca fotos de ruinas, de ciudades, de gorilas, qué sé yo...

—¿En serio? —Fred parecía impresionado.

Sardine frunció el ceño.

—¿Y ahora podemos cambiar de tema de una vez?

—Sí, vale, vale. —Fred contempló el cielo—. Hablemos de algo mucho más importante, ¡mucho más interesante! Hablemos de la fiesta. Willi quiere llevar a su nueva novia, claro. ¿Crees que Meli podrá soportarlo?

Sardine resopló. Otro problema más. Últimamente los problemas llegaban uno tras otro, como si hicieran cola. Sardine volvió a meter los dedos en el agua del estanque. Un zapatero se deslizó con toda naturalidad sobre la superficie lisa del agua, como si caminara sobre la hierba. «Deberíamos construir un estanque como éste —pensó Sardine—. Quedaría genial al lado de la caravana.»

—Lo digo porque a lo mejor se cabrea al verlos juntos —prosiguió Fred—. Y si Meli se cabrea, podría aguarnos la fiesta.

—¡Yo qué sé! —exclamó Sardine encogiéndose de hombros—. Meli no está con nadie, si eso es lo que quieres saber. Aunque sale con un montón de chicos.

Fred asintió.

—Bueno, vosotras podéis advertirle lo de la novia de Willi —murmuró—. Si va mentalizada, a lo mejor se controla un poco más.

—Frida va a ir con Maik. ¿Estás seguro de que Torte lo soportará? —Ni siquiera ella misma sabía por qué había dicho eso. Torte había tenido unos celos terribles de

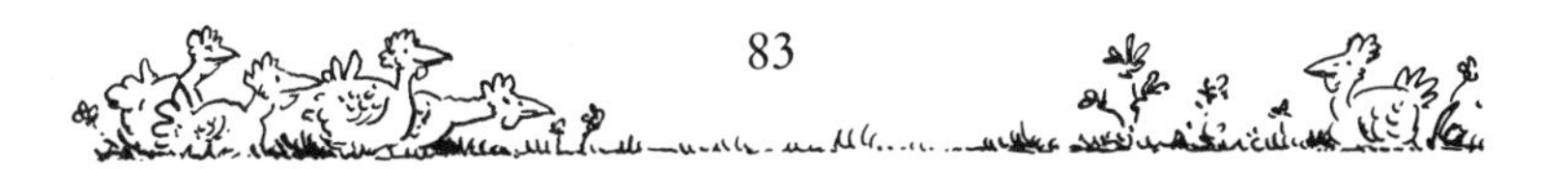

Maik durante mucho tiempo, pero ahora se le había pasado. ¿Por qué de pronto le daba por proteger a Melanie? Entendía perfectamente que Fred estuviera preocupado. Últimamente Meli estaba inaguantable... pero era una Gallina Loca, y Sardine sentía lástima por ella. Saltaba a la vista que seguía loca por Willi.

—Torte está bien —respondió Fred—. Ahora tiene a Jasmin, que es casi igual que Frida.

Sardine se echó a reír.

—Sí, es verdad, yo también me he fijado.

—Vamos. Está sonando la campana.

Volvieron hacia el instituto cogidos de la mano. Hacía ya tiempo que a Sardine no le importaba que la gente los viera juntos. Al contrario, ahora incluso le gustaba. Le gustaba sentirse querida.

—¿Y qué pasa con Wilma? —preguntó mientras se abría paso a empujones entre dos chicos de décimo—. ¿Crees que ella... va a venir con Leonie?

Fred se encogió de hombros.

—Yo, desde luego, no se lo voy a prohibir. De todas formas Steve ya ha invitado a Leonie. Ha invitado a todo el grupo de teatro y a sus parientes griegos. Será divertido, te lo aseguro. No hablan ni una palabra de nuestro idioma, así que ve practicando el lenguaje de signos.

—¡De acuerdo!

—¡Otra cosa! —le susurró Fred al oído—. A tu padre, por supuesto, ¡también puedes invitarlo!

Sardine lo persiguió corriendo hasta la clase.

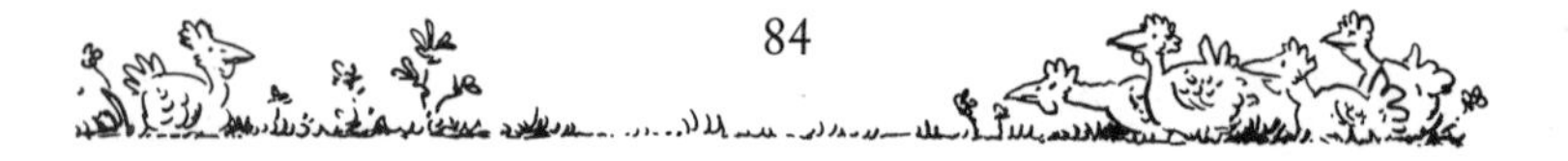

Fue un día muy largo, gris e interminable como el cielo. Los profesores también parecían acusar el cansancio típico del lunes y, para colmo, a última hora, el profesor de inglés remató la jornada con la noticia de que el viernes les pondría un examen. ¡El viernes!

—¡Qué injusticia! ¿Cómo puede hacernos esto? —protestó Fred cuando las Gallinas Locas y los Pigmeos se dirigían al aparcamiento de bicis—. ¡Tenemos que preparar la fiesta! ¿De dónde voy a sacar el tiempo para estudiar inglés?

—Me parece a mí que los profesores no tienen señalada vuestra fiesta en el calendario —comentó Wilma con ironía—. ¿O también los habéis invitado?

Fred le lanzó una mirada hostil y apartó una lata de refresco de una patada. La lata fue traqueteando hasta colarse bajo el aparcamiento de las bicis.

—¡Deberías estudiar un poco de inglés, Fred! Sería una tontería que suspendieras por culpa de una fiesta, ¿no te parece? —Frida parecía bastante preocupada. Hasta el momento no estaba especialmente satisfecha con los re-

sultados de las clases particulares de mates, tal como le había confesado a Sardine el fin de semana.

—¡Qué chorrada! ¿Quién ha dicho que vaya a suspender? Si tengo unas Gallinas fantásticas en clase... —Fred le mandó un beso a Frida por el aire. A Sardine no le hizo ninguna gracia, aunque a ella misma le pareció ridículo—. Además, yo pienso ir a aprobar, eso desde luego —aseguró Fred con un tono desafiante—. De hecho debería sacar más de un cinco. *I am perfect in English that can everyone hear.*

Wilma torció el gesto con expresión de dolor, como si le hubieran pegado un pisotón.

—¡Uy, sí, ya se nota! —exclamó—. Yo creo que deberíais posponer la fiesta.

—¡Eso es imposible! —gritó Torte, escandalizado—. Ya se lo hemos dicho a miles de personas.

—¡Podríamos estudiar juntos! —le sugirió Sardine a Fred tras cogerlo de la mano.

—¿Vosotros dos? —Wilma la miró sorprendida—. No es por ofenderos, pero sería mejor que estudiarais inglés con otra persona.

Ante eso lo único que pudo hacer Sardine fue agachar la cabeza y callarse. Wilma tenía razón. Sardine no era ninguna lumbrera en inglés, aunque en el último examen hubiera sacado un cinco y no un insuficiente, ni un deficiente, como el año anterior. A Sardine le costaba admitirlo —y de hecho ni siquiera se lo había confiado a sus amigas—, pero los progresos que había hecho se los debía al Sabelotodo. En unas cuantas tardes él le había explicado, con más paciencia que un santo, los secretos de la gramática inglesa. Su madre ya lo había intentado otras veces, pero la pobre tenía tan poco talento para enseñar como Sardine para el inglés.

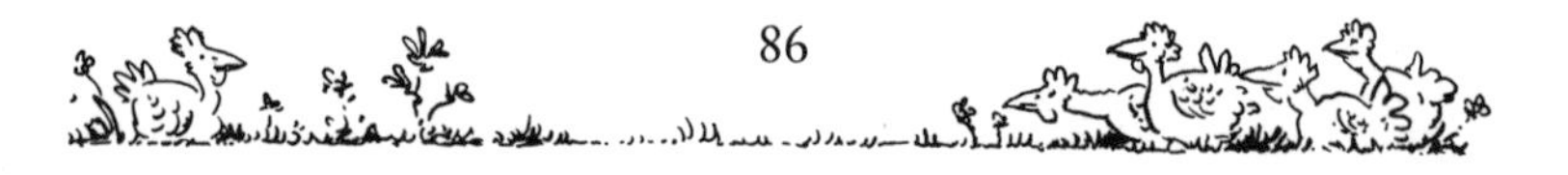

A lo mejor el Sabelotodo estaba dispuesto a ayudar a Fred.

—Bueno, ya está, vamos a dejar de hablar de exámenes, ¿vale? —exclamó Torte, irritado—. Al final acabaremos poniéndonos de mal humor. ¿Ya les has dicho cuáles son las normas hasta el viernes? —Y miró a Fred con aire interrogante.

—¡No! —murmuró Fred, y se volvió con expresión sombría hacia el instituto, como si ese día todos los males del mundo se concentraran allí.

—Vale, pues entonces se lo digo yo. —Torte paladeó y saboreó las palabras—: ¡Atención! Hasta el día de la fiesta, y eso significa desde hoy hasta el viernes a las siete de la tarde, queda terminantemente prohibida, y repito, terminantemente prohibida, la entrada de Gallinas a la guarida del árbol y alrededores. Como detectemos la presencia de cualquier ave gallinácea en la zona, las consecuencias serán terribles. No tendremos piedad. Y eso, por supuesto —agregó, lanzándole una sonrisa maliciosa a Sardine—, también vale para la Gallina favorita del jefe.

—¡Lo siento! —se excusó Fred al ver la cara de sorpresa de Sardine—. Pero es lo que hemos acordado entre todos. Nada de visitas de Gallinas hasta el viernes.

—Madre mía, ¡ahora resulta que hasta una estúpida fiesta la convierten en un secreto! —Melanie frunció el ceño y se apartó el pelo de la cara—. De todas formas, yo no sé si voy a ir. —Al pronunciar esas palabras no miró a Willi, pero todos sabían que iban dirigidas hacia él.

—¡Oh, venga, Meli! ¡No puedes hacernos eso! —exclamó Steve, pasándole el brazo por los hombros—. Montones de chicos nos han preguntado si vendrías. ¿Qué les diremos?

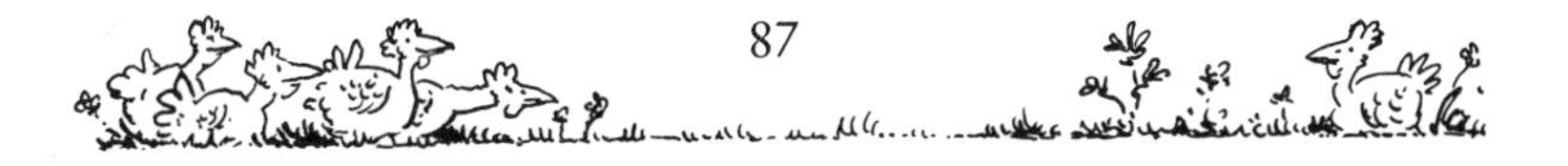

—¿De verdad? —Melanie se volvió hacia él con aire de suspicacia, pero Steve le sostuvo la mirada muy serio.

—¡Tenemos que irnos! —Fred se despidió de Sardine con un beso y se montó en la bicicleta—. ¡Nos llamamos! —exclamó, y acto seguido los Pigmeos se marcharon.

Torte, como siempre, comenzó a pedalear como un loco para adelantar a Fred y a Willi, y Steve se las vio y se las deseó para seguir el ritmo.

—¿Y nosotras? —preguntó Frida cuando las Gallinas Locas se quedaron solas en el patio desierto—. ¿Qué hacemos con este día tan gris?

—Yo tengo que irme a casa —anunció Trude—. Es que... tengo que arreglar unas cosas.

—¿Que arreglar unas cosas? —repitió Melanie, y la miró con curiosidad—. ¡Ay, que me suena a secretito!

Trude se encogió de hombros, miró a las demás con una tímida sonrisa (todavía tenía los ojos un poco enrojecidos por las lentillas) y se marchó a toda prisa con la bici. Melanie, cómo no, dio por hecho que se trataba de algún asunto amoroso, pero Sardine no estaba tan segura.

—¡Yo también tengo que marcharme! —anunció Wilma—. Tengo que estudiar para el examen. «¡Y nada de ir hoy a esa dichosa caravana! —gritó imitando la voz de su madre—. Como tus notas sigan bajando, tendremos que plantearnos seriamente lo del internado.»

Las demás se quedaron con la boca abierta.

—¿Eso te ha dicho? —preguntó Frida.

—Bah, ¡dice ese tipo de cosas cada dos por tres! —Wilma alzó la vista hacia el cielo gris y se subió la cremallera del abrigo hasta la barbilla—. Para ser exactos, lo dice cada vez que saco menos de un sobresaliente en un examen. Ya ni la oigo. Por un oído me entra —se tiró del lóbulo de

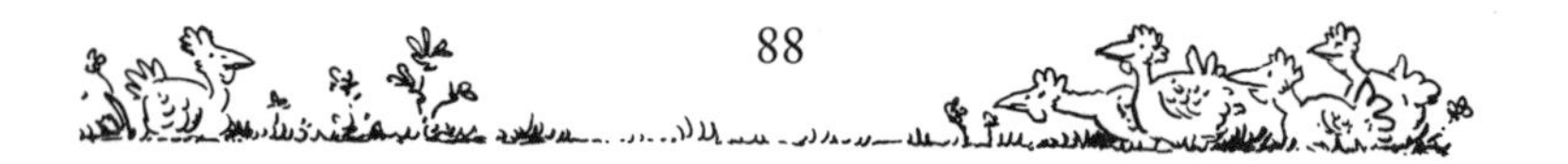

la oreja izquierda— y por el otro me sale. —Acto seguido volvió a cambiar la voz—: «¡Si dedicaras la mitad de esfuerzo a los deberes que a ese grupo de teatro, podrías saltarte un curso tranquilamente! ¡Qué digo uno! ¡Dos o tres! ¡O mejor, ya habrías acabado la universidad!»

Frida se partía de risa. Wilma imitaba tan bien el tono de voz de su madre que uno instintivamente acababa volviéndose para ver si realmente estaba allí.

—¡Hasta luego! —Wilma sacó su bici del aparcamiento y se montó en el sillín. Antes de irse, se volvió hacia Sardine y le lanzó una mirada dubitativa. Sí, estaba claro que se acordaba del día anterior, se acordaba perfectamente—. Yo estoy dispuesta a ayudar a Fred con el inglés —le dijo a Sardine—. El miércoles tengo tiempo.

—¡Gracias! —murmuró Sardine, y contempló con gesto pensativo a Wilma mientras ésta se marchaba a todo correr. ¿Realmente tenía prisa por el examen de inglés o es que...?

—¿Qué pasa, jefa? —Frida le rodeó los hombros con el brazo y la miró con aire interrogante—. Tienes cara de estar reflexionando sobre el sentido de la vida o algo así de trascendental.

Por un momento Sardine estuvo a punto de contarle a Frida lo de Wilma y Leonie, lo que Fred le había dicho, y que las había pillado por sorpresa en la caravana, pero Melanie estaba delante y Sardine se temía que una noticia como ésa no estaría a buen recaudo en sus manos. Si Melanie se enteraba, al día siguiente lo sabría todo el colegio, aunque a decir verdad en esos momentos daba la sensación de que la pobre ya tenía bastante con lo suyo.

Parecía sumamente triste. Estaba absorta en sus pensamientos y se mordía los labios con un gesto nervioso

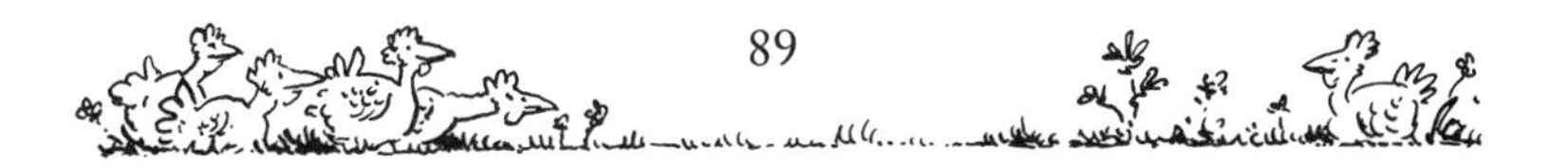

que repitió hasta quitarse por completo el pintalabios rosa.

Frida le dio un codazo a Sardine.

—¡Eh, Meli! —exclamó Sardine.

Melanie pegó un bote, como si acabara de regresar de un mundo lejano, un mundo donde probablemente los chicos no se enamoraban de las amigas de su hermana mayor.

—¿Qué os parece si nos vamos a pasar la tarde a la caravana nosotras tres? —sugirió Sardine—. Hasta podríamos estudiar un poco de inglés, si no se nos ocurre nada mejor que hacer.

Melanie asintió, agradecida.

—¡Genial! —exclamó con la voz ronca—. Total, en mi casa sólo está mi hermana mayor. Ahora mi madre trabaja también por las tardes.

El padre de Melanie, que había pasado una temporada muy larga en el paro, tenía un nuevo trabajo, aunque a trescientos kilómetros de la ciudad, así que sólo volvía a casa un fin de semana cada quince días. La madre de Melanie trabajaba de cajera en un supermercado.

«Os lo aseguro —les había explicado Melanie una vez—, cuando llega a casa por las noches no quiere ver ni un solo número más, ni siquiera los del mando a distancia, pero lo que más le agota de todo son las quejas. Dice que a veces tiene la sensación que la gente las va acumulando, como la calderilla, para luego soltarlas todas de golpe en la caja del supermercado.»

—En mi casa tampoco hay nadie —comentó Frida—. Mi hermano pequeño tiene un cumpleaños, el mayor ha quedado con su novia, y mis padres están trabajando. Así que, por mí, el plan de pasar una agradable tarde de Gallinas ¡es perfecto!

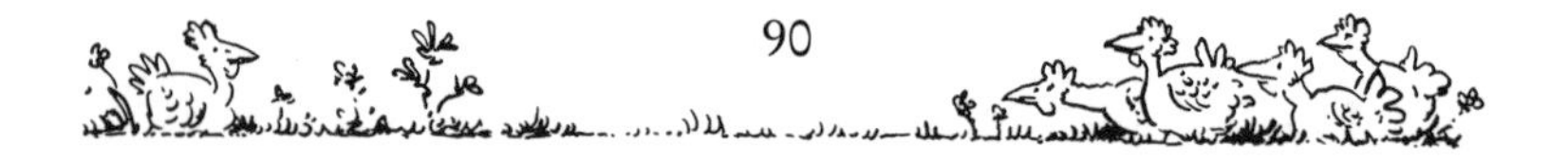

—Vale, ¡pero nada de limpiar el gallinero! —advirtió Melanie—. Que ya nos pasó la última vez que quisimos pasar una tarde tranquila.

—¡De acuerdo! —convino Sardine—. Lo único es que tenemos que pasar por casa de mi abuela para recoger a *Bella*; si no, la pobre no pisa la calle en todo el día.

Melanie y Frida se mostraron de acuerdo con la propuesta.

—¡Mientras yo pueda quedarme fuera esperando! —puntualizó Melanie—. Hoy no creo que pudiera soportar la cara de ogro de tu abuela.

Sardine lo entendía perfectamente.

Frida tampoco tenía ganas de saludar a la abuela Slättberg, de modo que se quedó con Melanie en la verja mientras Sardine entraba en la casa a buscar la correa de *Bella*.

—¡Sí, te vienes conmigo, claro que sí! —exclamó mientras *Bella* le lamía la mano y correteaba a su alrededor tan nerviosa que Sardine estuvo a punto de tropezar con ella dos veces—. ¿Te ha dado al menos algo de comer? ¿O se le ha vuelto a meter en la cabeza que estás demasiado gorda?

La abuela de Sardine estaba en la cocina.

Se había sentado en el taburete en el que se apoyaba para fregar los platos desde que le costaba estar mucho tiempo de pie. Llevaba puesto el abrigo y un pequeño y cómico sombrero que se había comprado el invierno anterior.

Sardine se quedó clavada en la puerta y la miró atónita.

—¿A qué viene esa cara? ¡Tengo hora con el médico!

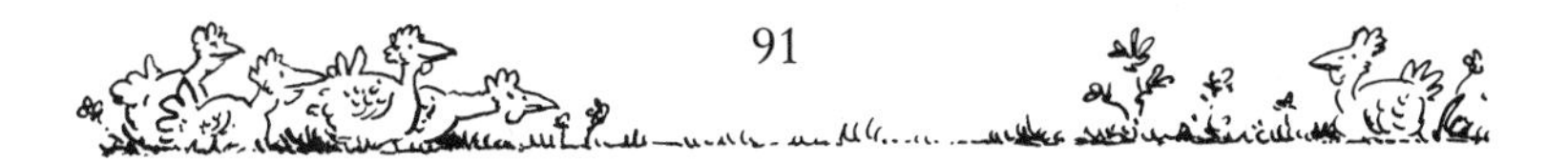

—gruñó A. S.—. Desde el fin de semana los dolores han ido a más.

—Mamá no me ha dicho nada. —Sardine cogió la correa del gancho donde la colgaban habitualmente.

—Ya, porque no sabe nada.

—¿Cómo? —exclamó Sardine, y enganchó la correa al collar de *Bella*—. Entonces, ¿quién va a llevarte? —A. S. era demasiado tacaña para llamar a un taxi.

La abuela de Sardine se estiró el abrigo. Era gris, cómo no, igual que el ridículo sombrero que le cubría el cabello, un cabello fuerte y sano, como el de una mujer joven.

—No pensarás que voy a pedirle algo a tu madre después de todo lo que tuve que oír ayer.

La madre de Sardine había sido bastante parca en palabras, pero había regresado de casa de A. S. con la cara cubierta de manchas rojas, lo cual solía ser un síntoma claro de que habían mantenido una discusión apoteósica.

—Te dijera lo que te dijera —murmuró Sardine tirando de *Bella* hacia sí—, seguro que te lo merecías.

—¿Ah, sí? ¿Y se puede saber qué es eso tan malo que he hecho? ¿Conseguir que por fin le hayas visto la cara a tu padre? ¡Oh, qué horrible! Ya veo... Tú y tus amigas Gallinas podéis intentar emparejar a tu madre cuando os plazca, pero si yo intento evitar que se case con ese cabeza hueca...

—Eso fue distinto. —A Sardine se le subieron los colores. Sí, era verdad que las Gallinas Locas habían colocado un anuncio en la sección de contactos para la madre de Sardine, pero fue porque en esa época estaba empeñada en que se marcharan a vivir a Estados Unidos y a Sardine eso no le hacía ninguna gracia. En América no había ni una sola Gallina Loca, ¡ni una!

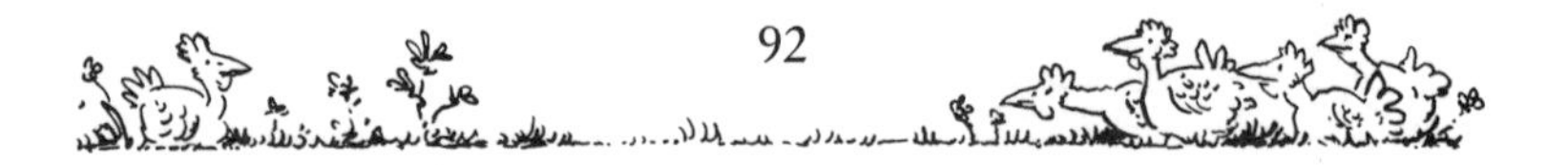

—¡Sí, ya! Muy distinto, claro. —Su abuela se metió un mechón de pelo bajo el sombrero con gesto impaciente—. Pues yo lo tengo muy claro: tu madre quiere casarse con el hombre equivocado y yo sólo he intentado que se dé cuenta.

—¡Tú qué sabes si es adecuado o no! —Sardine no pudo evitar elevar el tono de voz—. ¡Si ni siquiera la conoces! ¡No tienes ni idea de cómo es mamá! ¡Hasta el propio Sabelotodo la conoce mejor que tú!

Su abuela se quedó mirándola, impertérrita.

—¡Ya estamos! —exclamó con sarcasmo—. Eres igualita a ella: cuando no sabes qué decir, te pones a chillar. Lo cual confirma mi teoría: tú necesitas un padre y lo necesitas ya, pero no uno cualquiera, como ese profesor de autoescuela, que te consiente todas tus impertinencias.

El corazón de Sardine comenzó a latir tan deprisa que por un instante temió que fuera a estallar. ¿Por qué seguían poniéndole tan furiosa las provocaciones de su abuela? ¿Por qué no le daba igual lo que pasara por la cabeza de esa vieja amargada? *Bella* tiró de la correa y empezó a ladrar.

—¡Bueno, yo me voy! —Sardine le acarició la cabeza a la perra, pero *Bella* no se calmó. Después Sardine también lo oyó. Había alguien en la puerta.

—Es él. La verdad es que siempre ha sido un poco informal con eso de la puntualidad —comentó su abuela, y se incorporó. Tuvo que apoyarse en la mesa para ponerse en pie, pero Sardine no la ayudó.

—¿Quién? —preguntó, y oyó que unos pasos se acercaban por el estrecho pasillo.

—¿Alma? —El padre de Sardine asomó la cabeza por la puerta. Al ver a su hija se quedó de piedra. *Bella* empe-

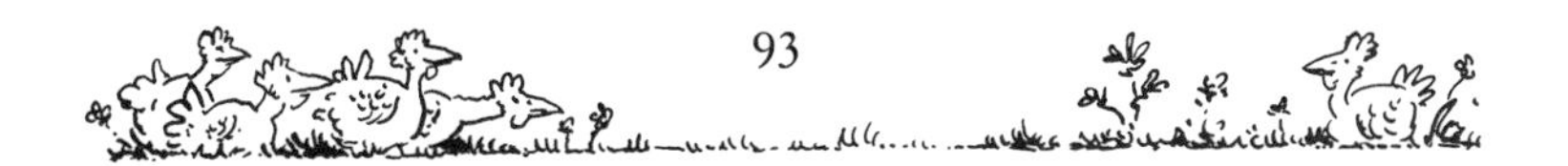

zó a menear el rabo, pero cuando quiso acercarse a saludarlo, Sardine tiró de ella bruscamente hacia atrás.

—Ya estoy preparada. A tu hija ya la has conocido —dijo la abuela Slättberg sin dignarse siquiera mirar a Sardine, y pasó junto a ella cojeando.

—Espera, que te ayudo —se ofreció el padre de Sardine. En esa ocasión, al agarrarla él, la abuela no le apartó la mano.

—La consulta está en la misma plaza del mercado —le oyó decir Sardine a su abuela—, junto a la caja de ahorros.

«¡Le voy a cortar el cuello! —pensó Sardine—. ¡Le voy a cortar ese cuello flacucho que tiene!» A continuación se abrió paso entre ellos por el pasillo, sin importarle que A. S. estuviera a punto de caer al suelo. Tenía que salir de aquella casa pequeña, estrecha y asfixiante que de pronto apestaba a maldad.

«Con una madre así, quién necesita enemigos», había dicho su madre en una ocasión, después de una discusión con ella.

¡Cómo lo miraba! Y qué amable parecía de pronto: «¡Muchas gracias! ¿Te importa cerrar la puerta? Dale dos vueltas a la llave, por favor.» Era como si de repente sus finos labios chorrearan miel. Sardine tenía tanta rabia que sintió náuseas.

Sin dedicar ni un solo segundo a volverse para mirarlos, se dirigió a la verja del jardín con *Bella*. Frida y Melanie aguardaban al otro lado con los ojos como platos. Por lo visto ya habían deducido quién era el visitante.

—¿Ése es tu padre? —inquirió Melanie nada más abrirse la verja—. Jolines, ¡no sabía que hubiera padres tan guapos! ¿Y tu madre está segura de que quiere casarse con el Sabelotodo?

—¡Melanie, cállate! —Frida arrastró a Melanie hasta la bici, lo cual no fue fácil, porque Meli se resistía a dejar de mirar hacia la casa.

Sardine se hizo un lío con la correa de *Bella*. Maldiciendo en voz baja se desenredó la correa de las piernas, se montó en la bici y se puso en marcha.

—¡Oye, espera un momento! —gritó Melanie, pero Sardine no se volvió. Hasta el final de la calle no lograron alcanzarla.

—¡Te pareces un poco a él! —afirmó Melanie mientras recorrían juntas la carretera—. Bueno, quiero decir que te pareces todo lo que una chica se puede parecer a su padre. Tú eres muy distinta, claro, pero los ojos y la boca...

—¡Cállate, Meli! —ordenó Frida—. ¿No ves que no quiere hablar de ello?

Pero claro, Melanie sacó el tema a relucir al menos una decena de veces más, y Frida la mandó callar todas y cada una de ellas.

Antes de emprender definitivamente el camino hacia la caravana, pasaron por una pastelería y se compraron tres raciones de bizcocho. Al llegar colocaron en la mesita que había junto a la ventana los platos con dibujos de gallinas que le habían regalado a Frida por Navidad —y que ella había donado generosamente a la pandilla—, y se prepararon una jarra de la infusión que Trude había guardado en el armario, sobre el fregadero: «Fuego de la jungla.» En la lata había pequeños pétalos de flores de color azul, rojo oscuro y naranja, que olían a lugares cálidos y exóticos. Después de un par de tazas, el corazón de Sardine comen-

zó a serenarse poco a poco, aunque todavía no se encontraba bien del todo, y Frida, naturalmente, lo sabía. Frida era capaz de percibir el malestar de los demás. Melanie, por lo general, sólo notaba el suyo propio.

«Frida tiene la piel demasiado fina —decía siempre Trude—. No le protege de las preocupaciones. A veces me da la impresión de que se pone triste sólo con que una persona triste pase a su lado. Es como si las preocupaciones de todo el mundo pasaran a través de su piel, no sé si sabéis a qué me refiero.»

Sí, Sardine sabía a qué se refería Trude. Ella siempre encontraba las palabras adecuadas para describir a las personas, y Frida era precisamente así. Cómo no iba a saberlo Sardine, si Frida llevaba siendo su mejor amiga desde que iban a la guardería; con todo lo que eso suponía: pelearse, reconciliarse, compartir secretos... y enamorarse de los mismos chicos.

Algunas veces, salía tan triste de las reuniones de la asociación (desde hacía tiempo, Frida colaboraba con Terre des Hommes, una organización que luchaba por los derechos de los niños) que casi no se podía ni hablar con ella. Los asuntos que trataban en la organización la entristecían y la hacían sentirse impotente. Porque cuando Frida veía algo triste, sentía el impulso de cambiarlo. Y si no lo lograba, se desesperaba.

«¿Sabes una cosa? Como no dejes de pensar en todo eso, ¡te vas a amargar! —le había advertido Wilma un día que, mientras tomaban un té, Frida se había puesto a contarles que había niñas a las que no las dejaban ir al colegio y las obligaban a casarse con once años; y niños de ocho años que tejían alfombras de sol a sol; y niños a los que los vendían sus propios padres—. No puedes arreglar

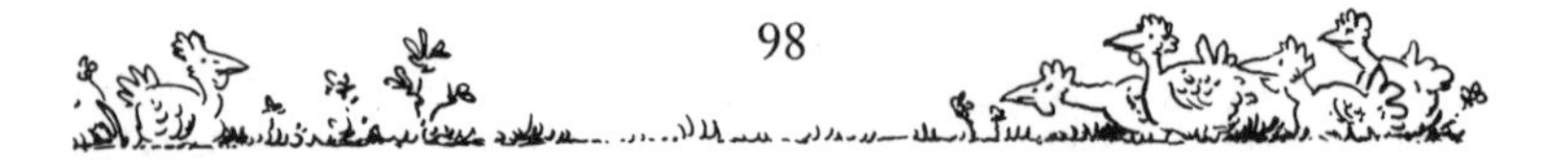

el mundo. Siempre ha sido así», había sentenciado Wilma. Y Frida le había contestado irritada: «¡Ya lo sé! Pero siempre ha habido gente que, a pesar de todo, también lo ha intentado. Que ha intentado cambiar algo, aunque sea una sola cosa. Ayudar a una persona en todo el mundo ya es mejor que nada. Imagínate que todos ayudáramos a una persona. Al final ayudaríamos a un montón de gente. Además —había añadido Frida dándole un golpecito a Wilma en la chaqueta, justo donde guardaba la pistola de agua—, no sé por qué te pones así precisamente tú. Si tú eres igual. Te encantaría salir a la calle y poder ser Robin Hood.»

A eso Wilma, por supuesto, no había sabido qué contestar. Ella habría dado casi cualquier cosa a cambio de ser Robin Hood. Y hasta sin el casi.

Las tres Gallinas Locas pasaron un buen rato juntas y bebieron tanto té que tuvieron que levantarse a hacer pis cada dos por tres. Después de comerse el bizcocho, se prepararon un revuelto con los huevos de sus propias gallinas —algo que siempre las llenaba de orgullo—, hicieron los deberes que no tenían más remedio que hacer, repasaron vocabulario en inglés y especularon sobre los preparativos de la fiesta de los Pigmeos. En ese punto Sardine tuvo ocasión de avisar a Melanie de que la novia de Willi iba a asistir a la fiesta, pero hacía mucho tiempo que Sardine no había visto a Meli tan triste y prefirió no decirle nada.

Eran ya las siete cuando fregaron los platos y recogieron los libros. A Melanie le entró prisa por irse a casa porque empezaba su serie favorita, y Sardine y Frida no pudie-

ron evitar tomarle el pelo antes de dejarla marchar. Cuando Melanie se fue, ellas decidieron dar un paseo con *Bella.*

—Pero no en dirección al árbol de los Pigmeos —apuntó Frida según salían de la caravana—. Ya has oído que hay una estricta prohibición sobre las Gallinas, y no queremos que nos desplumen y nos asen a la parrilla.

Así pues, tomaron el camino del bosque en sentido contrario, que discurría junto a un cámping casi desierto, situado a escasos pasos del sendero, bajo una arboleda. Al llegar al parque infantil que había justo detrás, Sardine ató a *Bella* a los hierros de los columpios para que no hiciera pis en el cuadrado de arena de los pequeños, y Frida y ella se deslizaron unas cuantas veces por el tobogán mojado por la lluvia. Luego se sentaron en los columpios a charlar. Frida le contó a Sardine que Maik no estaba seguro de poder llegar a tiempo para la fiesta del viernes, pero que, como muy tarde, el sábado estaría allí; y Sardine le confió a Frida que Fred estaba preocupado por cómo reaccionaría Meli si veía a Willi besando a su novia en la fiesta.

Melanie no había dejado claro todavía si pensaba llevar a la fiesta de los Pigmeos a algún chico; sólo había hecho un par de alusiones vagas como dando a entender que ella ya no pensaba desperdiciar más tiempo con esa pandilla de críos inmaduros.

—Sí, en los recreos pasa cada vez más tiempo con los mayores —observó Frida, mientras se subía al balancín en el que últimamente ya sólo montaba cuando llevaba a su hermano pequeño al parque.

—Ya —asintió Sardine—, y además se ha buscado a los más tontos. Fred dice que esos tíos se han metido en peleas con casi todos los chicos del colegio.

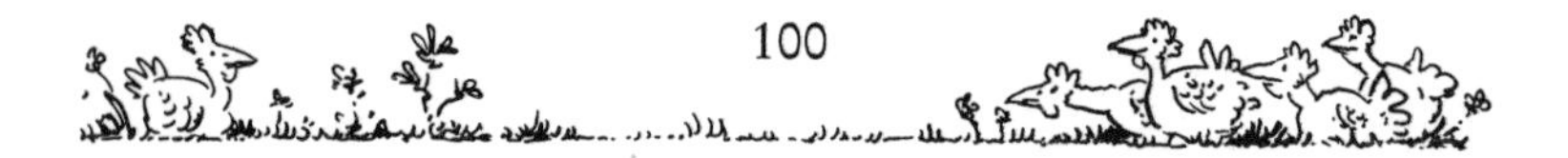

Sardine podría haberse pasado mucho más tiempo con Frida en el balancín, charlando sobre todas las cosas que le llenaban la cabeza y el corazón, pero al cabo de un rato *Bella* empezó a gemir —los parques son unos lugares muy aburridos para los perros—, y las dos Gallinas Locas continuaron paseando entre reinas del bosque, mantos de la virgen y otras muchas clases de flores que Frida fue identificando.

—Sardine —dijo en un momento dado—, si no te apetece, no tienes por qué hablar del tema, pero... ¿estás segura de que no quieres quedar con tu padre?

Bella le llevó un palo a Sardine. Ella se lo quitó de la boca y lo lanzó entre dos árboles.

—¿Por qué iba a querer? —murmuró. ¡Maldita sea! Otra vez le palpitaba el corazón a mil por hora. ¿Acaso no hacía rato que deseaba en secreto que Frida sacara el tema?

Bella regresó con el palo entre los dientes.

En esa ocasión fue Frida quien se lo tiró.

Llegaron a un puente que cruzaba un arroyuelo fangoso.

—No, no me apetece. Él no ha querido saber nada de mí en todo este tiempo, ¿verdad? ¡Pues ahora soy yo la que no quiere saber nada de él! —arguyó Sardine—. Además, los padres no traen más que problemas. Y si no, fíjate en el de Willi, el de Trude o el de Melanie.

—No todos los padres son así.

Sardine se asomó por la barandilla del puente y escupió en el agua.

—¿Ah, no? ¿Y el tuyo? Tampoco es ninguna maravilla, que digamos. Siempre trata mejor a tus hermanos que a ti. A ellos se lo consiente todo.

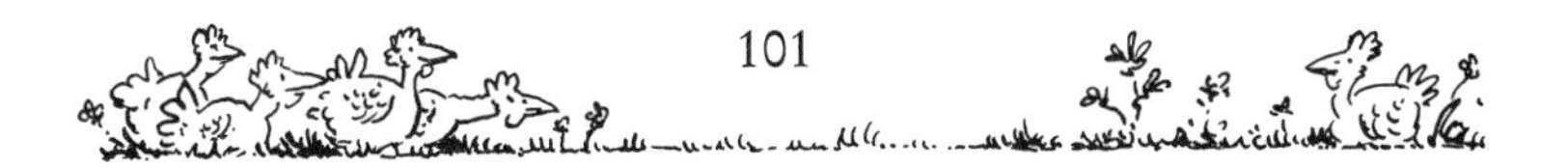

Frida respondió con un largo silencio.

—Bah, no me hagas caso. ¡Es que no quiero ni pensarlo! —prosiguió Sardine—. Es un asqueroso, lo ha demostrado durante trece años seguidos. No quiero saber nada de él. Además, a lo mejor ni siquiera es mi padre. Yo no creo que me parezca a él.

—Sí, sí que te pareces. —Frida miró a Sardine de reojo y sonrió.

—¡Que no! —Sardine dio media vuelta—. Venga, volvamos a la caravana. Todavía tengo que devolver a *Bella* a casa de mi abuela.

La noche empezaba a caer tras los árboles, y todos los caminos estaban desiertos. Reinaba un silencio absoluto, como si el mundo se hubiera echado a dormir.

—Hay otra cosa —anunció Sardine cuando iban a subir a la bici, ya en la caravana—. No quería contártelo delante de Meli...

Frida la miró con aire interrogante.

—Tiene que ver con Wilma. Es que... Bueno, da igual, olvídalo.

—¿Qué pasa?

Frida retuvo la bici de Sardine y ésta se frotó la nariz.

—No, déjalo. A lo mejor ni siquiera es verdad. Además, no es asunto nuestro.

—Pero ¿el qué? —preguntó Frida, que empezaba a impacientarse.

—Fred cree... o sea... él cree que Wilma, de alguna manera, está enamorada.

—¿De alguna manera? —Frida se rió—. ¿Wilma? ¿De quién?

Sardine miró al cielo como si allí arriba, a la vista de todos, estuviera escrito el nombre.

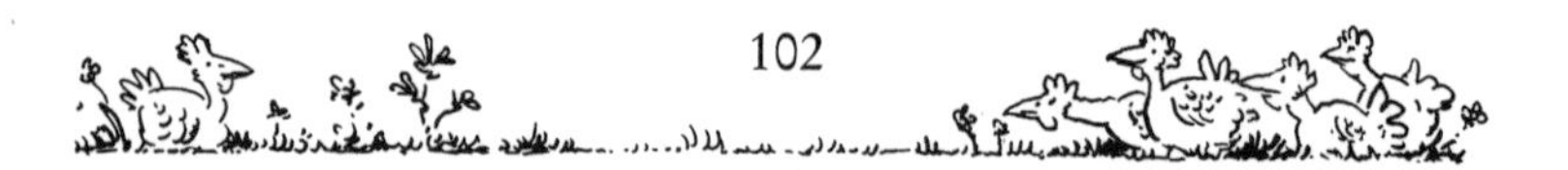

—De Leonie. Fred dice que está enamorada de Leonie.

Ya lo había soltado.

Frida se quedó estupefacta.

—Fred dice que Steve las pilló enrollándose detrás del escenario. Y luego estaban las dos en la caravana, o sea que... —Sardine se interrumpió, confusa.

Frida seguía sin articular palabra.

—Bah, olvídalo, en serio. ¡A lo mejor sólo es una tontería! —tartamudeó Sardine—. ¿O crees que deberíamos hablar con ella? Igual...

—Igual no es asunto nuestro —se adelantó Frida—. Tampoco le pedimos a Meli que nos cuente lo que hace cuando sale con un chico.

—Es verdad —murmuró Sardine—. Aunque seguro que ella nos lo contaría encantada.

Las dos se echaron a reír. Luego subieron a las bicis y se marcharon en silencio.

—Es muy raro, ¿no te parece? —comentó Frida al fin.

—¿El qué?

—Pues la pregunta que se hace uno de repente.

Sardine notó que la sangre se le subía a las mejillas.

—¿Qué pregunta?

Frida le lanzó una mirada burlona.

—Lo sabes perfectamente. Si Wilma ha estado enamorada de alguna de nosotras en algún momento. La pregunta.

Sardine se puso tan nerviosa que el pie le resbaló del pedal y por poco se cae de la bici. Sí, ella se había preguntado lo mismo muchas veces desde que había reparado en cómo miraba Wilma a Leonie. Lo que pasa es que jamás se habría atrevido a expresarlo en voz alta. Es más, casi ni se había atrevido a pensarlo.

—Es mucho mejor que no se lo hayas contado a Meli —observó Frida—. Lo de «Meli la devorahombres» no creo que le importara, al contrario, pero lo de «Meli la devorachicas»... —Frida estalló en carcajadas. Y cuando a Frida le entraba la risa, no podía parar hasta pasado un buen rato.

En un momento dado le contagió la risa a Sardine y, al llegar ante la verja de la abuela Slättberg, seguían desternilladas. Sin embargo, la perspectiva de tener que ver otra vez a su abuela borró de un plumazo la sonrisa de Sardine. Además, ¿qué pasaría si su padre seguía allí? Sólo de pensarlo se le hizo un nudo en el estómago.

—¡Trae! —exclamó Frida, y le quitó la correa de *Bella* de la mano—. Ya entro yo.

Estaba claro. No había en el mundo entero una amiga mejor que Frida.

Era poco antes de la una cuando Sardine se despertó sobresaltada. En la calle todo estaba en calma, pero en casa se oía un leve tintineo de platos que procedía de la cocina, y probablemente eso la había despertado. A veces su madre, si se había quedado viendo la televisión o leyendo hasta muy tarde, se preparaba un vaso de leche caliente antes de acostarse. Sardine se dio la vuelta y miró hacia la ventana. Las cortinas estaban abiertas, tal como a ella le gustaba dejarlas para que el reflejo de la luna penetrara en la habitación. Pero ese día no había ni rastro de la luna. Tampoco se veía ninguna estrella: la noche era tan gris como los vestidos de la abuela Slättberg. Sardine se arrebujó en la cama tiritando de frío, se tapó con el edredón hasta la nariz y trató de volver a dormirse. Pero de pronto se acordó de su sueño. ¡Eso era! Había soñado que Meli y Wilma se casaban. Meli iba vestida como los maniquíes de la tienda de novias y Wilma llevaba puesto el traje de Mercucio de la obra de *Romeo y Julieta*. Frida lanzaba al aire plumas de gallina y Trude sacaba fotos. Una de las gallinas, *Salambo*, había agujereado el vestido

de Meli y después había armado un revuelo terrible entre los invitados. A. S. también se encontraba allí, con el padre de Sardine, y su madre estaba al lado del señor Sabelotodo...

Sardine enterró la cara en la almohada y soltó un gemido. ¿Cómo podía soñar tantas tonterías juntas?

En la cocina sonó un gran estrépito de cacharros rotos y Sardine oyó que su madre maldecía en voz baja. Luego oyó un grito sofocado de dolor y más palabrotas. Bostezando, Sardine retiró el edredón y salió descalza de la habitación.

Su madre estaba agachada en el suelo de la cocina, rodeada de trozos de cristal y de leche caliente, y se miraba con gesto contrariado un dedo ensangrentado.

—¡No entres! —exclamó al ver a Sardine en la puerta—. Hay cristales por todas partes. Maldita sea, las baldosas de la cocina son lo peor que hay. Las cosas estallan como si les hubieras pegado un martillazo. ¡Ay! Concho, el corte es profundo. ¡Mierda, mierda, mierda!

—¡Te traigo una tirita! —Sardine salió disparada hacia el baño. Cuando volvió, su madre había arrinconado provisionalmente los cristales con la escoba, aunque Sardine, por si acaso, se había puesto las zapatillas.

—¡Hoy todo me sale al revés! —murmuró su madre compungida mientras Sardine le pegaba la tirita alrededor del dedo—. ¿Sabes que he estado a punto de provocar un accidente? Y luego, encima, ¡he discutido con Thorben por las invitaciones de la dichosa boda! —sollozó.

Sardine le dio un trozo de papel de cocina para que se sonara la nariz. Luego barrió los cristales hasta meterlos en el recogedor, los tiró a la basura y se puso a limpiar la leche.

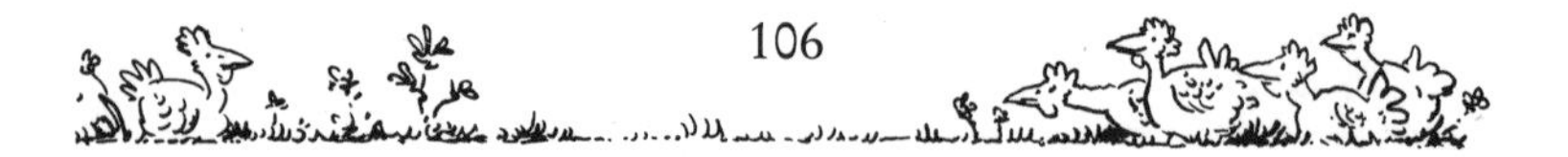

—¡Gracias! —murmuró su madre—. ¿Qué haces despierta? ¿No puedes dormir?

—No, es que te he oído protestar. Y además he tenido un sueño muy extraño.

—¿Sobre qué?

—Bah, nada.

Sardine enjuagó la bayeta y se arrodilló de nuevo sobre las baldosas.

—¿Te preparo otro vaso de leche?

Su madre negó con la cabeza y se miró afligida el dedo vendado.

—No, gracias —murmuró.

Sardine recogió un último fragmento de cristal y lo tiró a la basura.

—¡Te has cargado tu taza favorita! —exclamó.

—¿Eso trae buena o mala suerte? —preguntó su madre, asintiendo.

—Tendría que preguntárselo a Steve. Él se sabe todas esas cosas.

—¡Mala suerte! Apuesto a que es mala suerte. —Su madre se colocó el pelo detrás de las orejas y miró a Sardine—. ¿Qué tal ayer?

Sardine fue al frigorífico y cogió un yogur, aunque en realidad no tenía ningunas ganas de comerse un yogur.

—Le he visto otra vez —anunció.

—¿A quién? —preguntó su madre volviéndose hacia Sardine.

—Ha acompañado a la abuela al médico. Según ella, no te lo pediría a ti ni loca, después de vuestra última discusión. Espero que le dijeras cuatro cosas bien dichas.

Su madre apoyó el codo en la mesa de la cocina y se

llevó las manos a la cara. Cuando se la descubrió, intentó esbozar una sonrisa, pero se desvaneció al instante.

—¡Necesito un cigarrillo! —exclamó—. ¿Me traes uno? Tú sabes dónde están.

—¿Qué? ¿Te has vuelto loca?

Hacía más de seis meses que su madre había dejado de fumar, o que había dejado de fumar otra vez, para ser más exactos, pues ya lo había intentado dos veces antes (y había vuelto a caer). Sardine había sido la encargada de esconder las últimas provisiones de tabaco (al menos tres paquetes), porque, según dijo textualmente su madre: «Con lo que cuestan, tirarlos sería un auténtico despilfarro.» Por eso Sardine sabía perfectamente dónde estaban.

—¡Venga, por favor! Te prometo que sólo me fumaré uno. ¡Te doy mi palabra de Gallina!

—¡No me lo creo! Además, ¡Mossmann también te lo ha prohibido!

Y era cierto. El señor Sabelotodo le había soltado a su madre un magnífico discurso sobre lo perjudicial que era el tabaco no sólo para ella, sino también para su hija. Si Sardine se paraba a pensarlo con detenimiento, no había tantas cosas de él que no le gustaran (aparte del hecho de que a veces era un Sabelotodo). Seguro que su padre fumaba. Tenía pinta de fumador.

—Pero no tenemos por qué contárselo —replicó su madre—. Venga, por favor.

—Los tiré a la basura.

—¡Mentira!

—Que sí.

Su madre respiró hondo y se miró de nuevo el dedo vendado con la tirita.

—¡Lo siento! —murmuró—. Es que estoy hecha un lío.

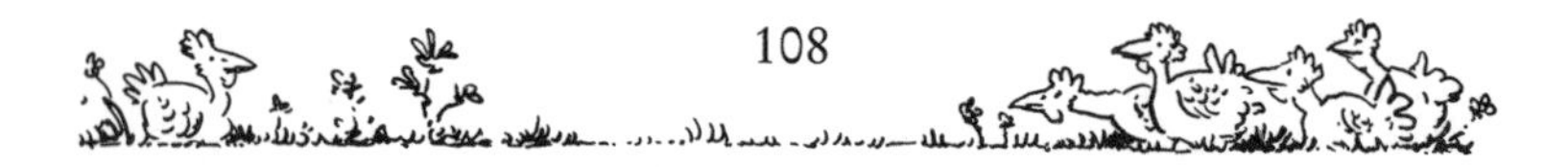

—¿Por la boda? —preguntó Sardine, aunque sabía muy bien que probablemente su madre se refería a otra cosa. O mejor dicho, a otra persona...

Su madre se levantó y fue hacia la despensa.

—Vale, si no me das un cigarrillo, entonces necesito al menos un trozo de chocolate. Dicen que el chocolate levanta el ánimo.

Lanzó una tableta de chocolate negro sobre la mesa, partió un pedazo y lo mordió.

—¡Caramba! ¡Está como una piedra! —protestó—. Con esto te puedes romper un diente.

—¿Mamá? Quieres suspender la boda, ¿a que sí? —Desde hacía meses Sardine no había deseado otra cosa, y ahora se encontraba allí sentada y temía que su madre respondiera que sí. Pero su madre seguía allí sentada e intentaba hincarle el diente al chocolate duro con gesto apesadumbrado.

Pasó un rato hasta que su madre contestó.

—¡No lo sé! —admitió al fin—. ¡No tengo ni idea! Se me ha puesto todo patas arriba. No entiendo qué me pasa. Tu abuela tiene razón: soy gafe. Soy totalmente gafe. Pero al menos no parece que tú lo hayas heredado. A ti las cosas te van bien con Fred, ¿verdad?

Sardine jugueteó tímidamente con la cuchara en el yogur.

—Sí, ¿por qué?

—Mira. Vosotros lo tenéis bien fácil: estáis enamorados, estáis juntos, no discutís a todas horas...

—Bueno, a veces sí... Pero, además... es que es distinto, mamá.

—¿Por qué? —Su madre se levantó a coger un vaso de agua—. Jolines, ¡qué sed da este chocolate! —murmuró

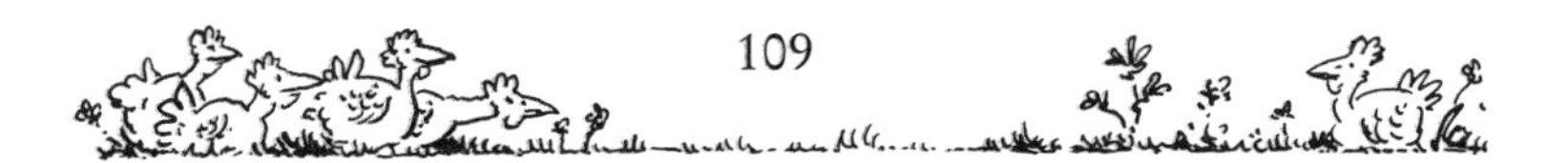

mientras volvía a sentarse a la mesa—. Y seguro que encima engorda.

—Para empezar, yo no quiero casarme con Fred —repuso Sardine.

—Bueno, claro, de momento no, pero a lo mejor...

—¡Mamá! —Sardine notó que se le subían los colores. Fred la llamaba caperucita roja cuando quería chincharla.

—Sí, vale, vale. No lo decía en serio. Vosotros... —dijo mirando a Sardine con aire vacilante—, es decir, vosotros dos..., bueno, ya sabes, eso, siempre he querido preguntártelo, pero...

—¡Oh, mamá! ¡No! —Sardine no sabía dónde meterse.

—¡Ah, vale! —Su madre parecía aliviada—. Se me pasó por la cabeza cuando queríais iros los dos juntos de acampada...

—¡Mamá, no cambies de tema! ¿Qué va a pasar con la boda?

Su madre comenzó a toquetearse la tirita y se quedó callada.

—¿Se puede casar uno con una persona —preguntó al fin sin mirar a Sardine— si se le acelera el corazón cuando ve a otra?

Sardine se mordió el labio.

—Es absurdo, ¿no crees? —Su madre intentó reírse, pero fracasó estrepitosamente—. O sea que un tío te deja tirada con una niña, no lo ves durante trece años, un día se presenta en la puerta y a ti se te sale el corazón por la boca.

—Bueno, ¡entonces lo que tienes que hacer es no volver a verlo! —Sardine pegó un golpe tan fuerte sobre la mesa de la cocina que el envase vacío del yogur se cayó—.

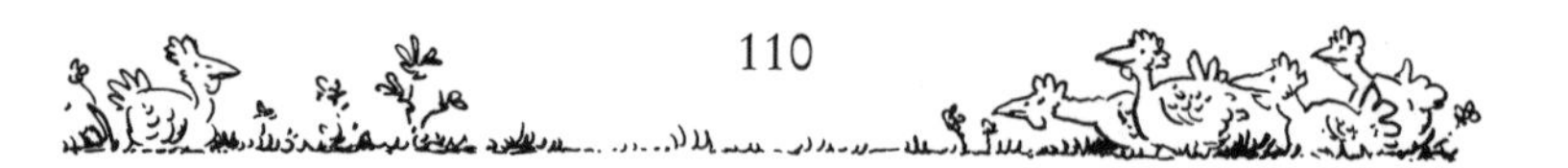

Por eso no contestaste a sus cartas, ¿no? ¡Para que no pasara esto! Y no habría pasado ahora si la abuela no se hubiera metido.

Su madre la miró atónita.

—¿Sabes lo de las cartas?

Sardine asintió.

—A. S. me lo ha contado —aclaró, y comenzó a girar el anillo que llevaba en el dedo índice de la mano izquierda. Fred se lo había regalado en su último cumpleaños. Melanie casi explota de la envidia. «¿Lo ves?», había dicho. «Lo tenía que haber sospechado! A mí Willi jamás me regaló un anillo. ¡Y yo como una idiota, tan campante!»

Sardine notaba la mirada de su madre.

—¿Estás enfadada conmigo por no haber respondido a las cartas?

—¡No! ¿A qué viene eso? —Sardine la miró extrañada—. Yo tampoco habría contestado.

—¿De verdad?

—De verdad. —Tal vez a los cinco o seis años Sardine habría respondido otra cosa. A esa edad se pasaba horas y horas haciendo dibujos de padres a escondidas. Algunos padres tenían barba, la mayoría eran pelirrojos, como ella, pero todos y cada uno de ellos sonreían, con una sonrisa tan radiante como sólo los niños de cinco años, o como mucho de seis, saben dibujarlas.

Pero su padre no era pelirrojo.

—La abuela siempre dice que tú eres tan rebelde porque nunca has tenido un padre.

—Chorradas. —Sardine puso cara de desprecio—. Wilma también es rebelde y sí tiene padre.

«Y además se ha enamorado de una chica —añadió para sus adentros—. ¿Qué habría dicho A. S. si eso me

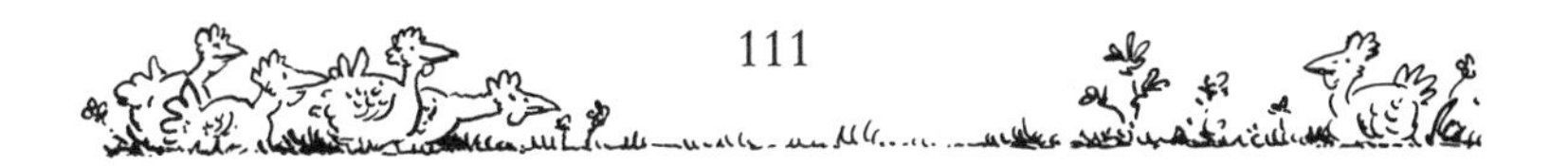

hubiera pasado a mí? ¿Que la culpa de todo la tenía el hecho de no tener un padre?»

—¡Por el amor de Dios! —exclamó su madre—. ¡Son las dos de la mañana! ¿Tienes clase mañana a primera hora?

—Sí —afirmó Sardine, y se levantó—. Pero las dos primeras horas tenemos plástica, y para eso no hace falta estrujarse mucho el cerebro.

Su madre no se inmutó. Se quedó sentada a la mesa, trazando figuras invisibles con el dedo.

Sardine se detuvo en la puerta, indecisa.

—¿Tú no te acuestas? —preguntó.

Pero su madre negó con la cabeza.

—No, no conseguiría dormirme.

—Bueno, pues hasta mañana.

—He quedado con él —anunció su madre cuando Sardine ya estaba de espaldas—. Para cenar. El viernes. El viernes por la noche.

A Sardine no le hizo falta preguntar. Sabía que su madre no se refería al señor Sabelotodo.

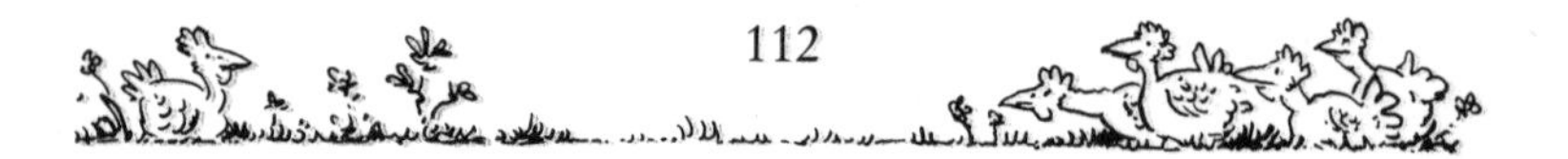

A Sardine no se le daban demasiado bien las manualidades. Pero lo que pintó a la mañana siguiente en clase de plástica le pareció tan horrible que lo rompió en mil pedazos y fue a pedirle a la señorita Campanula —a la que todos compadecían por su apellido— otra hoja en blanco.

Los Pigmeos tampoco parecían muy concentrados en la tarea. Steve, que normalmente era capaz de crear auténticas maravillas con un lápiz o un pincel, hablaba acaloradamente con los demás Pigmeos sin hacer caso al papel en blanco que tenía delante. Al llegar la pausa, Fred le explicó a Sardine que, por lo visto, las cartas de Steve vaticinaban desgracias en la fiesta de los Pigmeos.

—¡Y pretende que la aplacemos! ¡Lo dice en serio! —exclamó Fred—. Como si a alguien le importara un rábano lo que vea en las cartas. Eso sí, le preguntas cuáles van a ser las preguntas del examen de inglés y no tiene ni idea, claro. Porque, según él, un examen no forma parte de las cosas esenciales de la vida. Y sus cartas sólo revelan datos sobre las cosas esenciales. «Ah, ¿sí? ¿Y qué cosas son ésas?», le he preguntado. «Pues la muerte y el amor y

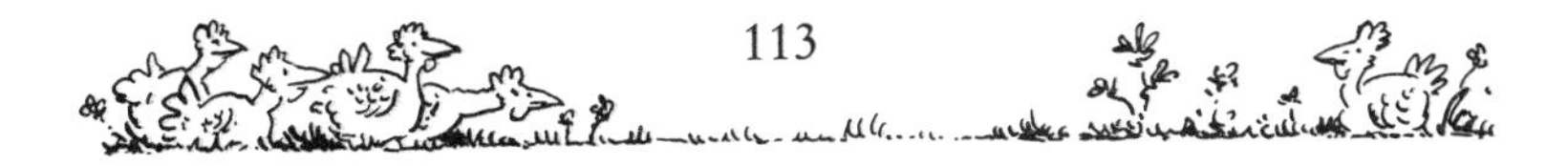

la enfermedad y las catástrofes», me ha contestado. ¡Como si el examen de inglés no fuera una catástrofe!

La única que se inquietaba al enterarse de los vaticinios de Steve era Trude. Pero, de todas formas, ella todavía no estaba segura de si le apetecía ir a la fiesta de los Pigmeos.

—Total, seguro que me paso todo el rato ahí, como un pasmarote, sin que nadie baile conmigo —les dijo a las demás Gallinas Locas al salir del aula de plástica.

Y por más que lo intentaron, no consiguieron convencerla de lo contrario.

—No, en serio, creo que voy a quedarme en casa —prosiguió—. Pero ¿qué hacemos esta tarde? Vais a ir todas a la caravana, ¿no?

Era martes, y los martes había reunión de pandilla, y ese día todo lo demás pasaba a un segundo plano: los deberes del colegio, los ensayos de Wilma y las reuniones de la asociación de Frida. La tarde de los martes era de las Gallinas Locas.

—Yo sí voy —anunció Wilma—. Aunque seguro que mi madre me suelta el discurso de que tengo que encerrarme a estudiar las veinticuatro horas del día para el examen de inglés.

Frida y Melanie también confirmaron que asistirían a la reunión, y en la cara de Trude apareció una radiante sonrisa; hasta que miró a Sardine.

—¿Martes? ¿Hoy es martes? —murmuró ésta—. Vaya, se me había olvidado por completo. Tengo hora en la peluquería.

—¿En la peluquería? —repitió Trude con un hilo de voz.

—Sí. Estoy harta de tanto peinarme y cepillarme. Voy a cortarme el pelo como un chico, igual que Frida.

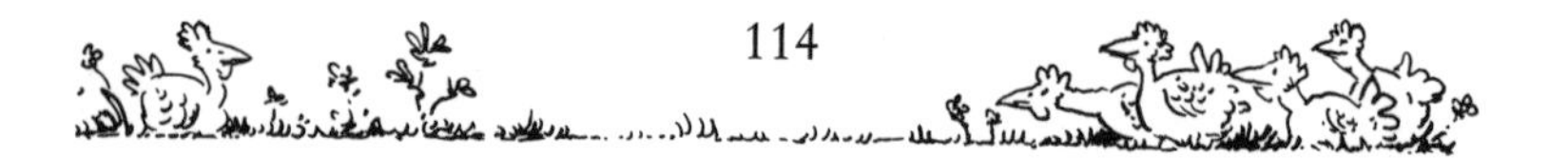

—Pero es que... es que... hoy es martes —tartamudeó Trude, y pronunció esas palabras con tal desconsuelo que Frida salió disparada hacia ella y la abrazó.

—Trude —le susurró al oído—, ¿es que no ves que nuestra jefa ya no sabe cómo contener la risa?

—Lo siento, Trude —exclamó Sardine—. Sólo era una broma, en serio. Claro que voy, y mi pelo se queda como está.

Trude soltó un hondo suspiro de alivio.

—Uf, ¡menos mal! —exclamó—. Es que quiero enseñaros una cosa, pero tenéis que estar todas.

—¿Una cosa? —Melanie compuso una mueca burlona y enarcó las cejas, cuidadosamente depiladas.

Pero Trude no soltó prenda, ni siquiera cuando Frida intentó sonsacárselo con cosquillas.

Las Gallinas Locas solían reunirse en la caravana como muy tarde a las cuatro. Sardine, como de costumbre, se detuvo en el camino a recoger a *Bella*. Cuando Sardine entró en la casa a por la correa, la abuela Slättberg estaba enzarzada en una discusión telefónica con su hermana, así que se libró de tener que hablar con ella, lo cual le pareció una suerte, teniendo en cuenta que en esos momentos Sardine tenía menos ganas que nunca de hablar con su abuela.

—Bueno, punto número uno del orden del día —anunció Wilma cuando todas se hubieron sentado en la caravana y ya estaban tomando un té acompañado de unas galletas que había llevado Frida—. Propongo: ¡la sorpresa de Trude!

—¡No, no, no! —exclamó Trude agitando las manos en un gesto negativo—. Prefiero dejarlo para el final.

—Bueno, está bien, si quieres darle más emoción... Entonces sugiero que pasemos al punto número dos: la fiesta

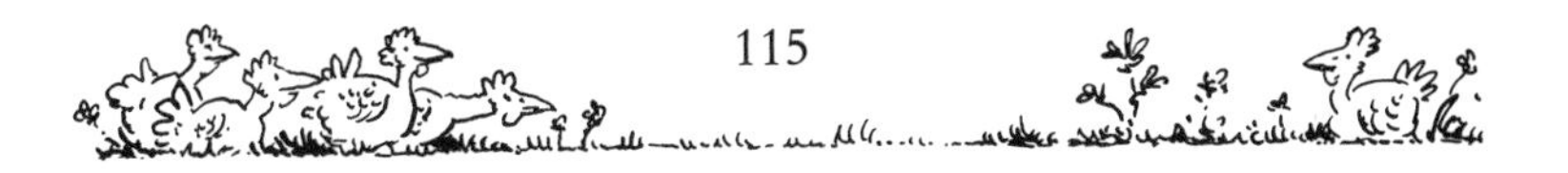

de los Pigmeos. —Poniendo mala cara, Wilma anotó en el libro el cambio del orden del día. A Wilma le encantaba seguir todo el protocolo en las reuniones de pandilla, aunque ya nadie leía las notas que ella tomaba—. Pregunta: ¿Queremos llevarles algún regalito a los chicos, o mejor les gastamos alguna broma?

Wilma levantó la vista expectante, pero cada una estaba a lo suyo. Sardine parecía distraída, dándole vueltas y más vueltas a la conversación con su madre; Frida tenía una sonrisa de oreja a oreja mientras leía por tercera vez la carta que le había enviado Maik, y Melanie se mordía la uña del pulgar con aire taciturno.

—Bueno, por lo que veo, ni regalo ni broma —observó Wilma—. ¿Se puede saber qué os pasa? ¿A qué viene tanta melancolía?

—¿Sabes? ¡Uno acaba un poco harto de verte todo el día dando saltos de alegría! —le espetó Melanie con exasperación—. Si no fuera por la fobia que le tienes a los chicos, pensaría que estás enamorada.

Al oír la palabra «enamorada», Sardine volvió a la realidad y miró a Wilma con angustia. Tenía la sensación de que de pronto se había hecho un incómodo silencio en la caravana.

Wilma se puso tan blanca como la pluma que llevaba colgada al cuello y, por unos eternos instantes, se quedó mirando fijamente a Melanie.

—¡Tú no tienes ni idea de lo que es eso! —saltó al fin. Luego comenzó a garabatear algo en el libro de la pandilla. Sardine advirtió que le temblaban las manos.

Melanie apartó la taza de té y se puso en pie.

—¡Eso sí que no se lo consiento a nadie! A nadie, ¿me oyes? Y menos a una persona tan reprimida como...

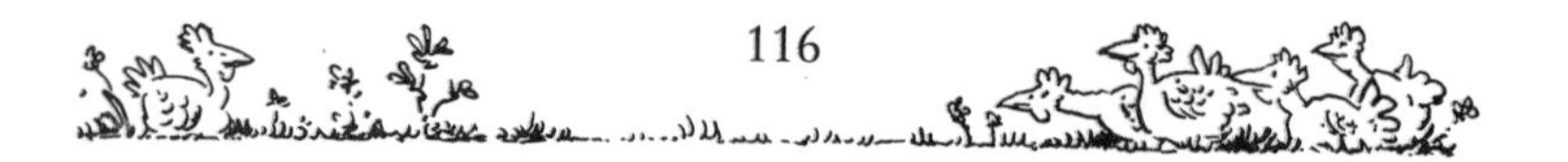

—¿Reprimida? —El libro de la pandilla resbaló por las piernas de Wilma cuando ésta se levantó—. ¿Quién es aquí la reprimida? ¿Yo? ¿Sólo porque no me dejo tocar por todos los chicos del colegio y no pestañeo con un gesto coqueto cada vez que pasa un profesor a mi lado?

—¡Ya basta! —gritó Trude, y se tapó los oídos con las manos, pero ni Melanie ni Wilma le prestaron atención.

—¡No me digas! Ahora resulta que esa tal Leonie y tú sois las nuevas santitas del colegio, ¿no? —Melanie elevó tanto el tono de voz que *Bella*, que estaba fuera de la caravana, irguió las orejas. Frida intentó calmar a su compañera, pero ella la apartó de un empujón—. Vais por ahí como un par de engreídas y cualquiera diría que estáis colad...

Melanie no llegó a pronunciar la palabra. Se quedó mirando fijamente a Wilma, que no abrió la boca. Permaneció inmóvil y apretó los puños. Y entonces se le saltaron las lágrimas, algo poco habitual en ella. Se volvió en busca de ayuda, primero hacia a Sardine, luego hacia Frida... y finalmente las miró a los ojos. Sardine, sin saber muy bien cómo, intentó disimular, pero Wilma lo comprendió todo.

—Vosotras... ¡lo sabíais! —exclamó titubeante—. ¿Cómo? ¿Desde cuándo?

—¡Esto es increíble! —Melanie retrocedió, como si temiera que en cualquier momento Wilma fuera a darle un beso en la boca—. Qué asco. Esto es de lo más repugnante.

—¿Qué pasa aquí? —Trude volvía a tener la voz temblorosa—. ¿De qué estáis hablando? ¿Por qué tenéis que pelearos justo hoy? ¡Yo creía que iba a ser un día muy especial! ¡Hoy es nuestro aniversario!

—¿Aniversario? —Sardine se quedó mirando a Trude boquiabierta.

—¡Sí, aniversario! Hoy hace justo cinco años que hicimos nuestro juramento en el corral de la abuela Slättberg.

—¡Pues genial! —exclamó Melanie con retintín, sin apartar la vista de Wilma—. Hoy es el día perfecto para una noticia como ésta.

—Pero ¿qué noticia? Sigo sin enterarme de qué estáis hablando —sollozó Trude.

—¡Pues de que Wilma se larga de la pandilla! —exclamó Melanie—. ¡Es evidente! ¡Alguien como ella no puede ser una Gallina Loca! ¿O es que queréis que todo el mundo empiece a chismorrear acerca de nosotras? Me imagino perfectamente lo que...

Frida le tapó la boca.

—¡Cállate, Meli! —gritó, pero Wilma ya estaba en la puerta. Y antes de que las demás pudieran reaccionar, ya se había ido.

—¿Alguien podría explicarme qué está pasando aquí? —suplicó Trude—. Yo creía que hoy íbamos a celebrarlo, creía que...

—Voy a buscarla —anunció Sardine, y salió disparada por la puerta.

Wilma ya estaba a la altura del corral.

—¡Oye, espera! —exclamó Sardine tras ella, pero Wilma aceleró más aún. Sardine corrió cuanto pudo, pero *Bella* iba haciendo cabriolas a su alrededor, dando brincos y ladridos, y no la dejaba avanzar. Cuando Sardine llegó jadeando al portillo, Wilma se había montado en su bicicleta y había enfilado la carretera sin volverse a mirar ni siquiera una vez.

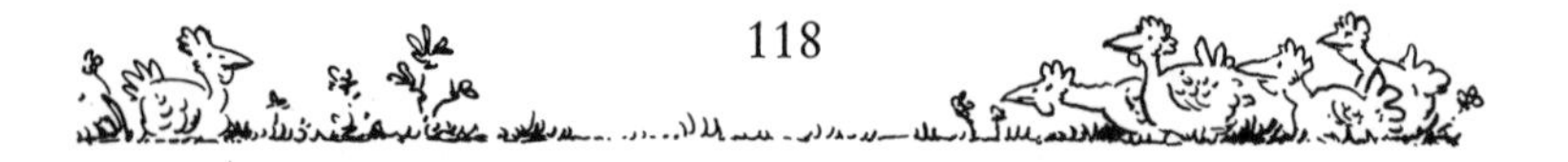

—¡Te has pasado, Meli! —le recriminaba Frida cuando Sardine volvió a entrar en la caravana.

Trude escuchaba desde la mesa con los ojos como platos. Melanie estaba apoyada en la pared, con los brazos cruzados, y observaba a Frida con aire hostil.

—Ah, claro, ahora resultará que la culpa es mía —espetó—. Hala, estupendo.

—Se ha marchado —anunció Sardine, y se apoyó contra la puerta de la caravana—. No he conseguido alcanzarla.

—¡Yo no tenía ni la más remota idea! —exclamó Trude con voz trémula—. Pero, no sé... ¿Estáis seguras del todo? A lo mejor sólo son buenas amigas...

—¡Está clarísimo! —Melanie torció el gesto con aire orgulloso—. ¿Es que no has visto la cara que ha puesto? Mira, si con eso no ha quedado demostrado...

Trude se quedó callada y pasó la mano por el mantel que ella misma había cosido. Había un dibujo de una gallina, como no podía ser de otra manera. Sardine miró a Frida.

—Lo mejor que podemos hacer es pasarnos por su casa —sugirió Frida—. ¿No te parece?

Melanie las miró sin dar crédito.

—¿Cómo? Pasar por su casa, ¿para qué? ¡Ya no es una Gallina Loca! Eso está claro, ¿no?

Sardine recogió el libro de la pandilla, que había acabado en el suelo. Abajo del todo, en una hoja casi en blanco, había dibujados dos minúsculos corazones.

—¡Aquí no hay nada claro, Meli! —gritó Frida—. ¿O acaso has visto escrito en algún sitio del libro que las Gallinas Locas sólo pueden enamorarse de chicos? ¿Quieres que pongamos también de qué color han de tener el pelo?

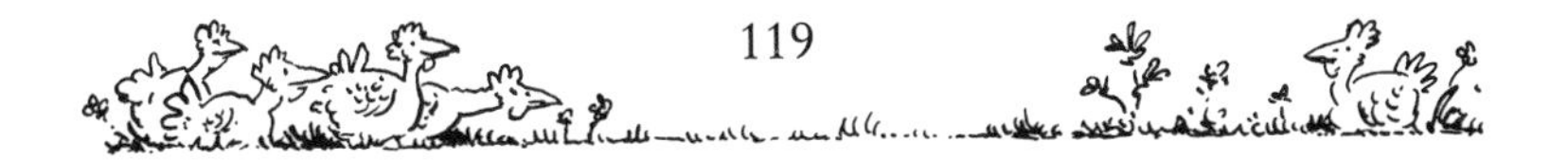

Están permitidos: los chicos no mayores de diciséis años, rubios y con los ojos azules. Uy, vaya, si a ti te gustan más los morenos. Mala suerte, Meli.

Melanie se mordió los labios.

Fuera se oían ladridos y un cacareo nervioso. Una vez más, *Bella* estaba asustando a las gallinas a través de la valla para divertirse.

—¡Yo me largo! —anunció Melanie en voz baja—. Si ella sigue en la pandilla, os juro que a mí no volvéis a verme el pelo por aquí. No pienso arriesgarme a que hablen de mí, eso lo tengo claro.

—Pero si igualmente todo el mundo habla de ti. —Trude no miró a Melanie mientras pronunciaba estas palabras, sino hacia la ventana. De lo contrario, lo más probable es que no hubiera tenido valor para decirlo.

—Ah, ¿sí? ¿Quién? —A Melanie le temblaban los labios—. Será cosa de unas cuantas niñatas celosas...

—Son los chicos los que hablan de ti —intervino Frida—, no las chicas. Bueno, ellas también, pero los chicos...

Melanie agarró su abrigo de la percha que había tras la puerta. Cada una tenía su percha, decorada con una gallina y con su nombre escrito. La percha de Wilma estaba justo al lado de la de Meli.

—¡Yo ya he dejado claro lo que pienso! —exclamó mientras abría la puerta—. Si queréis, hasta podéis escribirlo en el estúpido libro de Wilma: si ella se queda, yo me largo. Y mientras eso no quede claro —se llevó las manos a la nuca, se desabrochó la cadena de plata donde llevaba la pluma de gallina y la arrojó sobre la mesa—, yo no pienso andar con esto por ahí. —Luego abrió la puerta, bajó las escaleras a toda prisa y se marchó con la cabeza bien alta.

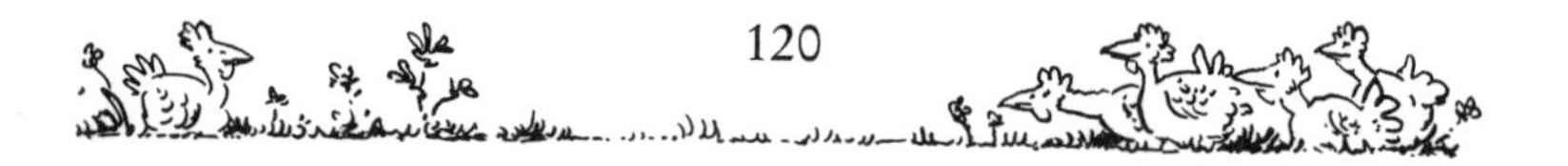

Meli se tomó más tiempo que Wilma en el camino hasta el portillo. A Sardine le dio la impresión de que esperaba que alguna de ellas saliera corriendo para retenerla, igual que había ocurrido con Wilma. Pero nadie se movió.

Se la quedaron mirando por la ventana, para la que Frida había cosido unas cortinas que estrenaron el día de la inauguración del cuartel.

Ninguna de las tres dijo nada hasta que Melanie se montó en la bicicleta y desapareció tras el seto. Luego Trude apoyó la cabeza sobre los brazos cruzados y comenzó a gimotear. Frida se sentó a su lado y la abrazó.

—¡Cinco años! —sollozó Trude—. Cinco años y ¡justo el día de nuestro aniversario todo se va a la porra! —Alzó la cabeza, miró a Sardine con los ojos llenos de lágrimas y le soltó en tono de reproche—: ¡Y tú ahí callada! ¿Por qué no has dicho nada? ¡A lo mejor Melanie se habría tranquilizado al cabo de un rato!

Sardine se encogió de hombros, se apoyó contra la pared de la caravana y clavó la mirada en el suelo.

—Ahí va, ¡la jefa de la pandilla se ha quedado muda! ¡Si no lo veo no lo creo! —exclamó Frida—. Vamos a tener que buscarnos otra. ¿Qué tal Trude?

Trude no respondió. Había vuelto a esconder la cara entre los brazos.

—¡Con la ilusión que me hacía! —la oyeron farfullar entre sollozos—. Después de tanto trabajo... Y con las ganas que tenía de enseñároslo. Me había imaginado mil veces las caras que pondríais al verlo...

Frida y Sardine intercambiaron una mirada de desconcierto.

—Ahora soy yo la que, sinceramente, no tiene ni idea

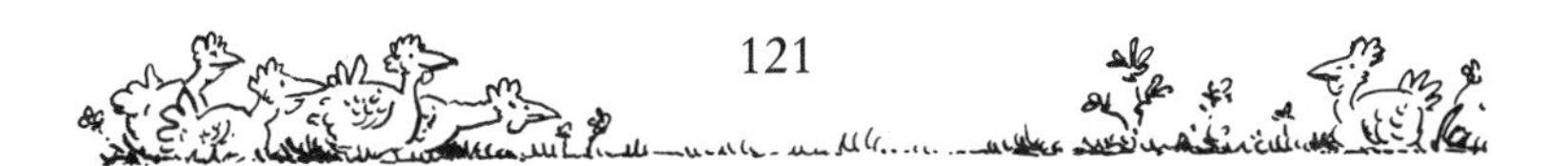

de qué va todo esto —murmuró Sardine—. Tanto trabajo ¿de qué?

Trude levantó la cabeza y con un gesto señaló su mochila. Estaba en el colchón que ocupaba toda la parte trasera de la caravana. Sardine se puso en pie y la llevó hasta la mesa.

—¡Lo había envuelto y todo! —Trude abrió la mochila y con suma delicadeza sacó un paquete—. ¡Tomad! —dijo, y se lo pasó a Frida—. Abridlo.

Frida rompió el papel rojo escarlata.

Un inmenso cuaderno apareció ante sus ojos, un cuaderno de tapa dura con las cinco Gallinas Locas repetidas cinco veces. Cinco Fridas, cinco Sardines, cinco Trudes, cinco Melis y cinco Wilmas. Trude había pegado una foto tras otra, como en un mosaico, hasta recubrir toda la superficie de la tapa.

Frida, maravillada, acarició la tapa con los dedos.

—¡Es precioso, Trude!

Ella sonrió y se enroscó un mechón de pelo en el dedo con aire vergonzoso.

—Pues ábrelo.

Y eso hizo Frida. En la primera página se leía «Las Gallinas Locas» en letras grandes entrelazadas. Entre ellas asomaban gallinas por todas partes, y dos más grandes sentadas encima de la G y de la L.

—¡Eso me lo escribió Steve! —explicó Trude—. Se le da muy bien dibujar letras, letras grandes y bonitas, claro. Y las gallinas también las ha pintado él.

Frida y Sardine no salían de su asombro. ¡Cuántas cosas había en el libro de las Gallinas Locas de Trude!: fotos de la caravana en diferentes estaciones del año, fotos de todas las gallinas con plumas de cada una pegadas al

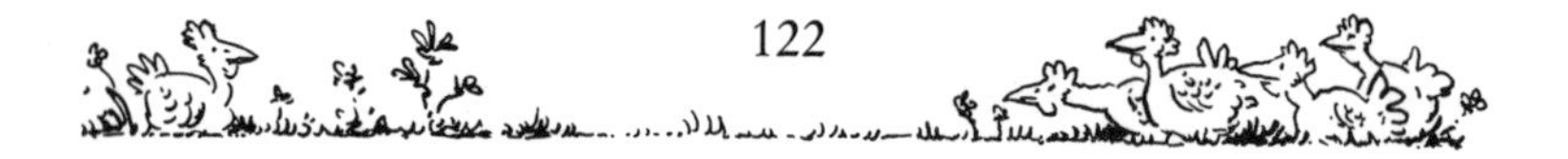

lado, notas que les habían escrito los Pigmeos, entradas de cine de las películas que habían visto juntas, una huella de una pata de *Bella* y otra de una pata de *Isolde* (o al menos ponía «*Isolde*» debajo), una rama de tomillo del huerto de Frida pegada con celo, el recibo del bote de pintura con el que habían pintado la puerta, unas gotas de cera de vela como recuerdo de la primera noche que se quedaron a dormir todas juntas en la caravana, un mechón de pelo de caballo como recuerdo de las fantásticas vacaciones en el picadero de Mona, un mapa del bosque en el que los Pigmeos habían construido su guarida con los caminos secretos señalados, el código secreto de las Gallinas escrito en rotulador dorado sobre papel negro, un plano de su aula del colegio, fotos de los profesores más simpáticos (y de los más odiosos), fotos de los hermanos y de los animales de todas, las recetas de Frida manchadas de grasa y llenas de huellas de chocolate, un listado completo de los platos y las bebidas preferidas de cada una de las Gallinas Locas, fotos de la excursión que hicieron con toda la clase, fotos de ellas sacando la porquería del gallinero, fotos de A. S., fotos de la antigua guarida del árbol de los Pigmeos junto a sus habitantes, fotos de cinco años de Gallinas Locas; y entre todos esos maravillosos recuerdos, Trude había relatado, con su cuidadosa letra inclinada, todas las aventuras que habían vivido juntas: las grandes y también las pequeñas.

Sardine y Frida no podían dejar de leer. Una y otra vez se ensimismaban, rememoraban, se reían, se golpeaban con el codo y pasaban a la siguiente página. Eran pocas las hojas del cuaderno que quedaban en blanco. Trude había llenado la última con las fotos que les había sacado el viernes anterior.

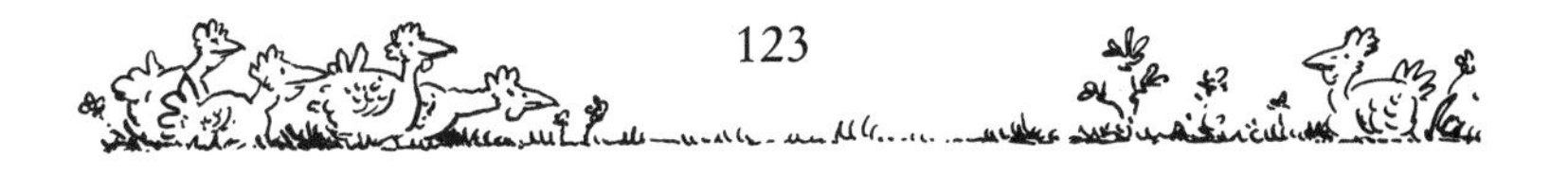

Cuando Frida llegó al final y cerró el cuaderno, se quedaron en silencio durante un buen rato. Después Trude se sorbió la nariz.

—¡Yo lo había hecho para todas nosotras! —dijo—. ¡Para todas! Y ahora, mira, a lo mejor ya no volvemos a estar juntas nunca más. —Y de nuevo se le saltaron las lágrimas.

—Yo, qué quieres que te diga —apuntó Sardine—. Eso de las lentillas no me parece un buen invento para ti. Como sigas así, vas a tener que enseñarles a navegar.

Eso logró arrancarle una sonrisa a Trude, aunque continuaba teniendo un brillo sospechoso en los ojos.

—¡Bueno! —exclamó Frida, poniéndose en pie—. Vámonos. Es hora de ir a casa de Wilma.

Antes de ir a ver a Wilma, pasaron por casa de A. S. a dejar a *Bella*. Wilma y sus padres vivían sólo a un par de calles de la abuela de Sardine, en un barrio nuevo que se extendía por una zona donde, unos años atrás, todo eran campos y prados. El lugar resultaba extraño, pues era tan nuevo que casi parecía de juguete, como una construcción de piezas de plástico hecha por un niño encima de la alfombra: árboles podados con esmero, parterres de flores, garajes, vallas y calles.

Ya divisaban el adosado en el que vivía Wilma cuando de pronto Trude frenó la bici en seco. Frida y Sardine no se percataron hasta pasados unos metros.

Trude se había quedado parada, junto al bordillo, con la mirada perdida y expresión aturdida.

—¿Qué pasa? —preguntó Sardine cuando Frida y ella retrocedieron hasta donde se encontraba Trude.

—No sé qué es lo que tengo que decirle —murmuró Trude—. No dejo de imaginármelo...

—De imaginarte ¿el qué? —Frida se detuvo junto a ella. Al otro lado de la calle un señor podaba su seto.

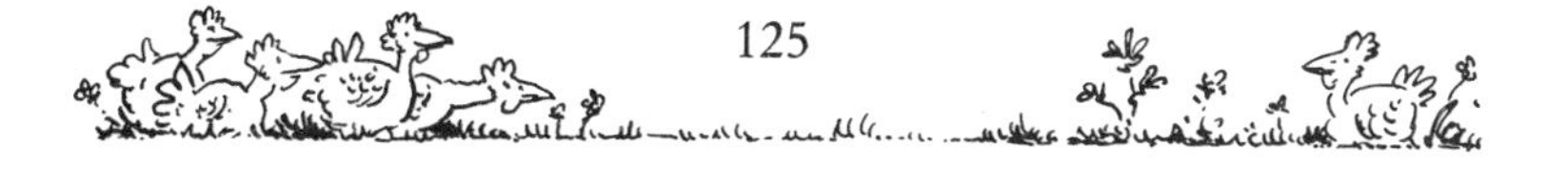

—¡Pues eso! —Trude lanzó al hombre una mirada nerviosa y bajó el volumen—. ¡Que ellas se besan! No puedo dejar de pensarlo, y no sé cómo va a ser ahora cuando vuelva a verla, y...

Frida suspiró y miró hacia las casas blancas, una junto a la otra.

—Escucha, Trude —dijo por lo bajo—. Eso es una tontería. Cuando tú ves a Sardine, no te la imaginas cada vez besando a Fred, ¿verdad?

Trude se ruborizó y miró a Sardine abochornada. Ésta puso los ojos en blanco y resopló.

—¡Bueno! —exclamó Trude, y bajó rápidamente la voz al notar que el hombre que estaba podando el seto las miraba—. Bueno, pero eso lo entiendo perfectamente —prosiguió en susurros—. No es que... no, claro que no, no quiero decir que yo quiera besar a Fred, por supuesto que no, pero... —Por poco se traga la lengua de vergüenza.

Entonces Frida intentó cambiar de tema.

—Mira, en el insti tú misma dijiste que también te enamorarías de Leonie si fueras lesbiana.

—Sí, claro, ¡pero no lo decía en serio! Yo... Mira, no lo sé. —Trude se calló, turbada, y volvió a quedarse mirando al infinito.

—Vaya, creo que la madre de Wilma está en casa —le susurró Sardine a Frida—. Tiene el coche aparcado en la puerta. —A ninguna de las Gallinas Locas le caía bien la madre de Wilma, por expresarlo de forma diplomática.

—¡Venga! —exclamó Frida haciéndoles una señal a las otras dos para que la siguieran—. Vamos a acabar con esto de una vez.

Efectivamente la madre de Wilma estaba en casa. Ella fue la que abrió la puerta cuando Frida llamó al timbre.

—¿Se puede saber qué estáis haciendo aquí? —preguntó molesta al ver a las tres Gallinas—. Creía que la reunión de pandilla había acabado.

—¡Hemos venido a traerle una cosa a Wilma! —dijo Frida.

La madre de Wilma volvió la vista hacia el interior de la casa y frunció el ceño.

—¿Y no lo podíais haber resuelto en la reunión? Wilma está haciendo los deberes.

«¡Que te lo crees tú! —pensó Sardine—. Ni de broma.» Pero naturalmente no fue eso lo que dijo.

—¡Es un asunto de clase! —afirmó—. Estamos haciendo juntas el trabajo y a Trude se le ha ocurrido una idea interesante.

—¿Un trabajo? Yo no sé nada de eso. —La madre de Wilma no parecía haberse creído ni una palabra, pero al menos las dejó entrar en la casa—. ¿Wilma? —exclamó mientras llamaba a la puerta de la habitación de Wilma—. Están aquí tus amigas, las Gallinas. No quiero que vuelvas a poner la música tan alta. Ya sabes que tengo visita.

Al otro lado de la puerta el silencio se prolongó unos instantes. Luego se oyó la voz de Wilma.

—Sí, ya lo sé.

La madre de Wilma lanzó una última mirada hostil a las tres Gallinas Locas antes de regresar al salón.

Frida esperó a que la madre se hubiera ido para abrir la puerta. Wilma estaba sentada en su escritorio de espaldas a ellas.

—Cuando entréis, echad el pestillo —dijo sin volver-

se—. No quiero que mi madre entre por las buenas y sin avisar.

Frida obedeció.

Y entonces Wilma se dio la vuelta. Tenía los ojos llorosos.

Todas estaban acostumbradas a ver a Trude con esa cara, incluso en la propia Melanie era más habitual, pero jamás ninguna de ellas había visto llorar a Wilma; furiosa, sí; alegre, desafiante, un poco loca, también, pero ¿llorando?

—¿Qué queréis? —preguntó con brusquedad—. Si habéis venido a por esto —se quitó con cuidado la gargantilla de cuero en la que llevaba la pluma—, aquí lo tenéis.

—¡No digas tonterías! —exclamó Sardine meneando la cabeza con rabia—. Hemos venido a decirte que sentimos mucho lo que ha pasado con Meli y que... —No pudo continuar porque Trude se echó a llorar.

—¡Lo siento! —se disculpó—. Pero es que yo no puedo con esto.

Wilma le lanzó un paquete de pañuelos de papel.

—¡Toma! Coge uno. Tengo de sobra. —Y acto seguido ella también se sonó la nariz en un pañuelo arrugado que tenía en la mano—. ¡Sentaos! —murmuró—. Me pone muy nerviosa veros ahí de pie.

Sardine se sentó en la cama con aire dubitativo, y Frida y Trude se acomodaron a su lado.

—¿Por qué no nos lo habías contado? —preguntó Sardine.

Wilma se limitó a mirarla.

—¡Vale! —exclamó Sardine haciendo un gesto negativo con la mano—. Es verdad, es una pregunta muy tonta, olvídalo.

Wilma se sonó de nuevo.

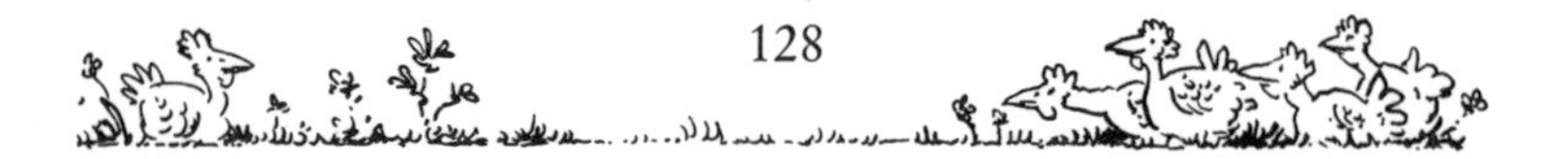

—¿Sabéis qué es lo peor? —murmuró sin mirar a ninguna de las tres—. No poder hablar de ello. La gente se pasa todo el tiempo chismorreando sobre quién está enamorado de quién, sobre quién le cae mal y quién le gusta. Todo el mundo cuelga pósters en las paredes de no sé qué cantante, o siente admiración por tal actor o tal otro. Y yo... —Wilma miró por la ventana—. Yo no siento nada cuando miro a Leonardo di Caprio, y no creáis que no lo he intentado. Hasta he besado a ese cabeza hueca de la otra clase que trae locas a todas las chicas...

Trude la miró boquiabierta.

—Te refieres a...

—Ya lo sé —asintió Wilma—, a ti te daría un ataque al corazón, pero a mí... —Se encogió de hombros—. ¡Nada! ¡No siento nada! Y no se me ocurre qué puedo hacer para cambiarlo.

—¡Pero eso no tiene por qué significar nada! —señaló Trude, compungida—. A lo mejor él no es el chico adecuado para ti, y punto. —Aunque se le notaba mucho que le resultaba casi imposible imaginárselo—. Quiero decir, que hay muchos chicos diferentes. O sea, diferentes tipos de chicos, quiero decir... —La torpeza de su discurso la hizo desistir.

—Sí, pero todos son chicos —observó Wilma.

A eso ninguna supo qué responder, de modo que se quedaron calladas. Sólo el despertador que había junto a la cama de Wilma perturbaba el silencio, con un tictac tan sonoro que Sardine se preguntó para sus adentros cómo era posible dormir con semejante ruido.

—¡Para mí no hay ningún chico adecuado! —prosiguió Wilma al fin con la cabeza gacha—. Es así y siempre lo será.

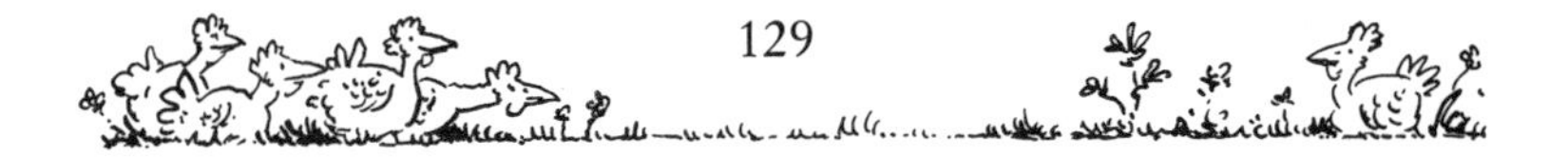

—¡Pero dicen que a las chicas algunas veces les ocurre! ¡Que se enamoran de otras chicas y que luego se les pasa! —Trude miró a Wilma con esperanza.

—Es que yo no quiero que se me pase —repuso Wilma—. Me encanta sentirme así.

Llamaron a la puerta.

—¡Wilma! —La voz de su madre llegó hasta el interior de la habitación—. Yo creo que tus amigas ya han estado aquí suficiente rato. Deberías seguir estudiando para el examen de inglés.

—¡Sí, nosotras ya nos íbamos! —exclamó Sardine elevando el tono de voz en dirección a la puerta, y se levantó. Frida y Trude la siguieron.

—Te hemos traído una cosa —anunció Frida, y sacó el libro de la pandilla de la mochila—. Lo ha hecho Trude para nuestro aniversario. Yo creo que te va a gustar. Y en cuanto a Meli —agregó con cierto titubeo—, ¡ya se le pasará!

—Wilma. —La madre de Wilma seguía detrás de la puerta—. Has vuelto a cerrar la puerta con pestillo. Ya sabes que no me gusta.

Wilma se puso roja de ira.

—Sí, ya lo sé. Y mis amigas no se irán mientras tú sigas plantada en el pasillo como un perro guardián.

Oyeron que los pasos se alejaban, y a continuación se cerró una puerta.

—¿Lo sabe tu madre? —preguntó Trude con los ojos como platos.

—¿Tú estás chalada? —Wilma dejó el libro de la pandilla en el escritorio y las acompañó a la puerta.

No, la madre de Wilma no era ni mucho menos el tipo de madre al que una hija pudiera contarle que se había

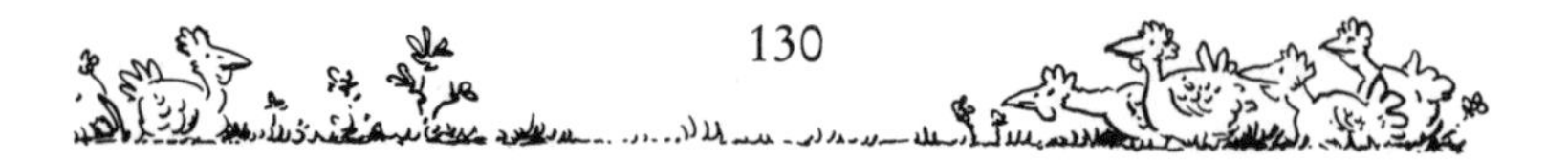

enamorado de una chica. «¿Y yo? ¿Me atrevería a confiarle algo así a mamá?», se preguntó Sardine cuando salieron al pasillo. No estaba del todo segura.

—¡Muchas gracias! —exclamó Wilma bien alto—. ¡Gracias por haber venido!

—¿Cómo no íbamos a venir? —respondió Frida—. Las amigas tienen que mantenerse unidas. Y más si se trata de un trabajo de clase.

Wilma sonrió.

—Sí —dijo mientras les abría la puerta de la casa—. Es verdad.

Cuando Sardine llegó a casa, el señor Sabelotodo estaba sentado en la cocina, solo ante una taza de café.

—¡Hola! —saludó Sardine, y se quedó en la puerta—. ¿Dónde está mamá?

—Se ha echado un rato. Le duele la cabeza. —El Sabelotodo tenía la mirada fija en la taza de café.

—Ya —murmuró Sardine, a quien, por más que lo intentó, no se le ocurrió nada que añadir.

—De hecho hoy teníamos que seguir hablando de la luna de miel, pero en fin... —El Sabelotodo suspiró, bebió un trago de café y volvió a dejar la taza sobre la mesa con cara de desagrado—. Se ha quedado frío —murmuró—. Qué asco, no soporto el café frío.

Sardine vaciló un instante y finalmente se deslizó hasta la cafetera.

—Yo te preparo uno —dijo—. A lo mejor a mamá también le apetece un poco.

El Sabelotodo se volvió hacia ella sorprendido.

—No lo creo, pero gracias. Yo sí te aceptaré uno —dijo él.

A Sardine no le extrañó lo más mínimo que él no entendiera a qué venía tanta amabilidad. Lo que se dice muy simpática no solía ser con él, y de hecho ni ella misma sabía por qué lo estaba siendo en ese momento. A lo mejor era porque el Sabelotodo rara vez parecía tan desconsolado como entonces, allí solo, sentado, mirando fijamente una taza medio vacía. Dos cucharadas de café. A él le gustaba bien cargado. Sardine conectó la cafetera, cortó dos rebanadas de pan y sacó el queso de la nevera.

—Aquí está pasando algo malo, ¿verdad? —El Sabelotodo la miró con aire inquisitivo.

¡Lo que faltaba! Sardine untó una capa muy gruesa de mantequilla en el pan.

—¿Por qué? ¿Qué se supone que tiene que pasar? —Intentó que su voz sonara neutra, despreocupada.

—Sabes perfectamente a qué me refiero.

—¿Por qué lo dices? Muchas veces vuelve con dolor de cabeza del trabajo. Le ocurre cada vez que alguien la marea. O cuando le dicen que no ha elegido el camino más corto.

—No me refiero a eso.

No, claro, no se refería a eso. Sardine sabía perfectamente a qué se refería, pero no tenía ganas de hablar de ello. Era cosa suya y tenían que arreglarlo entre ellos.

—Está rara. —El Sabelotodo se levantó y tiró el café frío en la pila del fregadero—. Desde el domingo. Desde que apareció tu padre.

Con un suspiro se volvió a sentar en la silla y se quedó callado. Luego comenzó a dibujar cruces en la mesa, sin despegar los labios. Sardine se alegró cuando al fin empezó a salir el café. Le sirvió una taza al Sabelotodo cuando todavía humeaba. Luego volvió a dejar la jarra

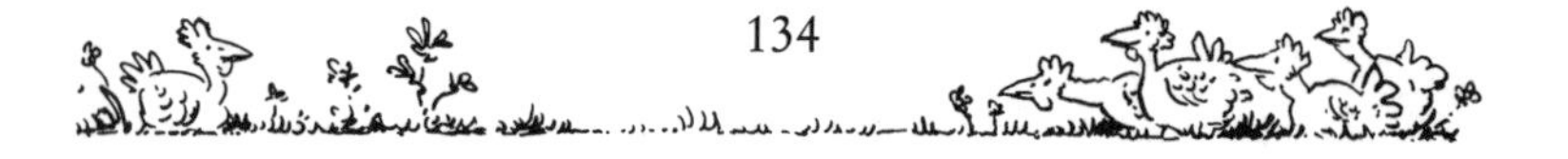

sobre la base. Probablemente su madre no quería. Probablemente había escondido la cabeza debajo de la almohada y se había quedado dormida, como hacía siempre que se sentía desbordada.

«¡No hay ser humano capaz de beberse el café tan cargado! —comentaba la madre de Sardine cada vez que el Sabelotodo añadía una cucharada más de café en el filtro—. Ya verás, cualquier día le va a dar un patatús.» Pero por el momento él tenía un aspecto de lo más saludable. Saludable, aunque un poco triste.

—Gracias —dijo sin mirar a Sardine—. Ahora mismo me voy. En cuanto me tome el café.

A decir verdad, Sardine había pensado llevarse el bocadillo y un vaso de leche a su habitación y tomárselo tranquilamente en la cama, pero por alguna extraña razón no se sentía capaz de dejar solo al Sabelotodo. A lo mejor era porque le venían a la memoria todas las tardes que él había dedicado a estudiar inglés con ella, o la radiante sonrisa de Fred después de que él lo llevara a la pista de prácticas y le diera un par de clases de conducir gratis.

Sardine dejó el plato sobre la mesa de la cocina, se sirvió un vaso de leche y se sentó en una silla con las piernas encogidas.

—Sólo está hecha un lío —comentó—. Pero se le pasará.

«O eso espero», añadió para sus adentros.

—¡Hecha un lío! —El Sabelotodo frunció la nariz con desdén—. Sí, desde luego. ¿Sabes qué dice ahora? ¡Que no quiere comprar un traje de novia! ¡Que no quiere y punto! —Tomó un sorbo del café recién hecho—. ¡Ah, éste sí que está rico! —exclamó—. A ti te queda mucho mejor que a tu madre.

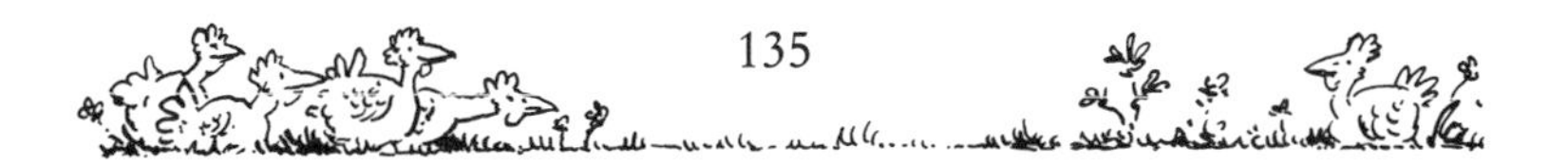

—¡Gracias! —murmuró Sardine, y le dio un mordisco al bocadillo de queso. ¿Por qué no se limitaba a encerrarse en su habitación y ya está? De pronto echó mucho de menos a Fred. No estaba de humor para consolar a nadie. De hecho, después de la bronca entre Wilma y Meli, no le habría venido mal un poco de consuelo.

—No lo entiendo. ¡Ese tipo la dejó tirada! —El Sabelotodo pegó un golpe sobre la mesa con la palma de la mano. La leche de Sardine estuvo a punto de derramarse—. ¡Con una niña!

—Ya, bueno. Pero eso ocurrió hace mucho tiempo.

Ni la propia Sardine se creía que aquellas palabras hubieran salido de su boca. ¿Qué había pasado con el rencor que siempre había sentido hacia su padre? A lo mejor es que simplemente llegaba un punto en el que uno se cansaba de estar enfadado. Tal vez ya llevaba demasiado tiempo así, y con los años la ira se le había ido desgastando, igual que unos pantalones viejos. O quizá ya no estaba tan furiosa con su padre porque la mayor parte del tiempo no lo había echado de menos...

El Sabelotodo dio otro sorbo a su café tan cargado.

—¡Fotógrafo! —murmuró con expresión sombría—. Claro, eso suena mucho más interesante que profesor de autoescuela. Y encima también es más atractivo.

—¡Qué va! —murmuró Sardine.

—Sí, sí que lo es. —El Sabelotodo suspiró.

—¡De todas formas volverá a desaparecer enseguida! —señaló Sardine—. Él se pasa todo el tiempo viajando. —Sardine no se lo podía creer. De pronto estaba allí sentada consolando al señor Sabelotodo mientras su madre, acostada en su antigua habitación, fingía que le dolía la cabeza. «Necesito hablar con Fred —se dijo Sardi-

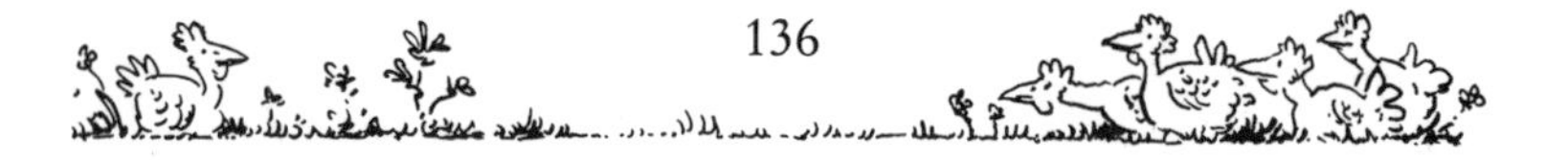

ne—. Necesito oír su voz, aunque sólo sea un momento.»

—Voy a llamar por teléfono —anunció, retirando la silla.

—¿Y qué opinas tú de todo esto? —preguntó el Sabelotodo cuando ella salía por la puerta—. ¿Tú quieres que vuelva tu padre?

Sardine se detuvo donde estaba.

—¿Para qué? —respondió—. Hasta ahora mamá y yo nos las hemos arreglado sin él estupendamente. —«Y sin ti también», agregó para sus adentros—. Tengo que hacer esa llamada. ¡Es muy urgente! —exclamó. Y se marchó a llamar a Fred, que, por suerte, estaba en casa.

Al día siguiente, en el colegio, Wilma y Melanie no cruzaron ni media palabra. Meli se pasó todo el recreo con los mismos chicos con los que las Gallinas Locas la habían visto a menudo en los últimos tiempos, y en la última clase (geografía, impartida por el siempre malhumorado Brotzkowski) se decidió a enviarles una nota a Sardine y a Frida:

> Por lo que veo, seguís tratando a Wilma como si fuera una de las nuestras. Así que está claro que ya habéis tomado una decisión. Por lo tanto, a partir de hoy, ¡¡ya no pertenezco a vuestra pandilla!! Os lo vuelvo a repetir y lo digo muy en serio: volveré a ser una Gallina Loca el día que la besachicas se quite la pluma del cuello.
>
> MELANIE

Frida intentó hablar con ella al acabar la clase, pero lo único que consiguió fue que Melanie, encogiéndose de

hombros con desprecio, prometiera que no iría contando por ahí nada sobre Wilma y Leonie. «¡De todas formas pronto se enterará todo el mundo! —había añadido con sarcasmo—. Van juntitas a todas partes y no se cortan ni un pelo. Pero tranquila, que no se lo pienso contar a nadie. No quiero ni pronunciar sus nombres.»

Wilma se limitó a asentir cuando Frida le habló de la promesa de Melanie, y se mantuvo alejada de Leonie durante todo el recreo. Sardine se avergonzó al descubrir que eso la aliviaba, e intentó por todos los medios obviar la cara de tristeza de Leonie.

—Melanie acabará cediendo, ya lo verás —trató de consolarla Fred, pero Sardine no las tenía todas consigo.

—¡Ella es la primera que debería saber cómo se siente uno en esa situación! —señaló Trude antes de que todas se fueran a casa—. Y que, por mucho que uno quiera, no se puede hacer nada para evitarlo. Para evitar enamorarse, quiero decir.

—Yo creo que ahora mismo Melanie siente celos de cualquiera que se enamore —apuntó Frida—, aunque sea de otra chica. —Y probablemente no andaba descaminada.

El resto del día fue tan desolador como la mañana. Cuando Sardine llegó a casa, su madre y el Sabelotodo estaban discutiendo. Después su madre riñó por teléfono con A. S. porque se negaba a operarse a pesar de que el médico le había aconsejado que lo hiciera. Y finalmente llamó Fred y canceló la cita que tenía con ella porque quería estudiar inglés con la novia de Willi.

—¿Y por qué con la novia de Willi? —preguntó Sardine, extrañada—. Se lo puedo pedir al señor Sabelotodo, que sabe mucho inglés.

Pero Fred no quiso ni oír hablar del tema.

—Es un sabelotodo —se quejó—. Tú misma le pusiste ese nombre, y además con Nana puedo estudiar en la guarida.

Nana. Vaya, qué confianzas. ¿Acaso ahora Fred también se sentía atraído por las chicas mayores? Sardine se odiaba a sí misma por ser tan celosa, pero no podía evitarlo. En cuanto Fred sonreía a una chica o la seguía con la mirada, cosa que hacía con bastante frecuencia, ella sentía como un pequeño picotazo, como una punzada en el corazón, y acto seguido le aparecía entre las cejas una profunda arruga de la que Fred siempre se burlaba.

Al día siguiente tampoco pudieron verse («¡No te imaginas lo bien que habla inglés!», le explicó Fred en el colegio), así que Sardine quedó en la caravana con las Gallinas que todavía querían seguir en la pandilla («las Sobras de las Gallinas», las llamaba Frida con guasa). Los ánimos estaban por los suelos. La ausencia de Melanie provocaba una sensación muy extraña, por más que a veces Meli las sacara de quicio, y ninguna de ellas se atrevió a hablar del asunto que había desencadenado su marcha.

Hablaron de la fiesta de los chicos, de la enfermedad de la abuela Slättberg, del examen de inglés y de la boda de la madre de Sardine, pero en realidad nadie mostró excesivo interés en ninguno de estos temas. Tampoco se creó la atmósfera que normalmente reinaba cuando se sentaban a charlar en la caravana, ni tuvieron la sensación de resguardo, libertad y amistad que tenían siempre. Fue como si de pronto se hubieran abierto unas grietas en la caravana, y un viento frío y cortante se filtrara en el interior para susurrarles al oído aquellas cosas sobre el mundo que preferían no saber.

Cuando Sardine regresó a casa por la noche, se sentía

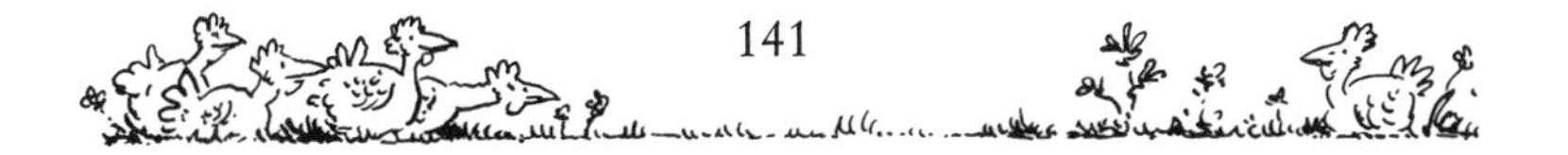

muy confundida. Pero allí tampoco halló mucho resguardo. Su madre estaba en el salón y Sardine percibió el olor a humo en cuanto asomó la cabeza por la puerta.

—¡Lo voy a volver a dejar! —le prometió su madre cuando Sardine cogió el cenicero rebosante con gesto de reproche y se lo llevó a la cocina—. ¡Te lo prometo! —exclamó siguiéndola—. Lo dejaré en cuanto haya pasado todo este lío.

Sardine no preguntó a qué lío en concreto se refería. Al cabo de un rato —su madre estaba sentada delante del televisor, sometiendo sus tímpanos a una nueva sesión de tiroteos—, el Sabelotodo se presentó en casa con un ramo de flores, murmuró algo acerca de reconciliarse y charlar, y los dos se metieron en el dormitorio. Sardine puso música para no caer en la tentación de quedarse escuchando las susurrantes voces que habían sustituido a los disparos y que provenían del otro lado de la pared. Se tumbó en la cama y trató de memorizar algunos vocablos en inglés, pero no consiguió retener ni uno. Sus pensamientos mariposeaban del libro abierto a Fred, de Fred a la caja de cartón en la que había guardado el regalo de su padre, y de la caja a la foto que había junto a su cama, la foto en la que todas las Gallinas Locas aparecían juntas, sonriendo a la cámara. Por cierto, ¿quién había sacado la foto? ¿Había sido Steve? Wilma ocupaba el lugar del centro y Melanie y Frida la abrazaban, una por cada lado. ¿Serían capaces algún día de recuperar esa naturalidad? Melanie seguro que no, pero ¿Trude y Frida? ¿Y ella?

Sardine hundió la cara en la almohada y soltó un gemido.

Y Fred estudiando inglés con la novia de Willi.

Alguien llamó a la puerta. Su madre asomó la cabeza.

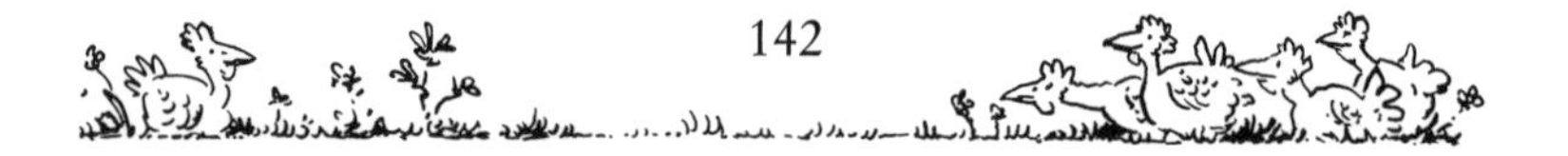

—Vamos a comer algo por ahí —le dijo—. No te acuestes muy tarde, ¿vale?

Sardine asintió.

—¿Va todo bien? —preguntó su madre.

—¡Sí, sí! —respondió. ¿Qué iba a decir?

A Fred le salió bastante bien el examen de inglés, según él mismo aseguró con orgullo. Y como recompensa por el esfuerzo, el astro rey hizo acto de presencia el día de la fiesta de los Pigmeos. El año anterior habían organizado una fiesta por esas mismas fechas y la lluvia la había aguado por completo, pero esta vez no había ni una sola nube en el cielo cuando dieron las seis en punto y aparecieron los primeros invitados en la guarida del árbol. Hacía tanto calor que la mayoría cruzó la arboleda en manga corta.

Todavía era de día, aunque en el cielo ya brillaba la pálida luna, y la decoración de los Pigmeos centelleaba en árboles y arbustos como si las estrellas hubieran decidido que esa noche, en lugar del cielo, iluminarían la fiesta de los Pigmeos. Alrededor de troncos y ramas se entrelazaban guirnaldas plateadas y lucecitas suficientes para adornar toda una plantación de árboles de Navidad. Cuando oscureció por completo, la cabaña del árbol resplandecía en medio del bosque como un ovni que hubiera efectuado un aterrizaje forzoso sobre aquel viejo árbol. El equi-

po de música que habían montado los chicos estaba justo al lado de la mesa cubierta con un mantel de papel donde colocaron la comida (todos llevaron cosas, algunas comestibles y otras no tanto) y Torte, tal como Wilma había presagiado, se había agenciado el papel de *deejay*. Por suerte, no había casas en los alrededores, de manera que nadie se quejaría del jaleo. También en eso había acertado Wilma: el volumen era ensordecedor, tan ensordecedor que Sardine no entendió ni una palabra de la bienvenida que le dio Fred, y eso que lo hizo gritando.

Frida y Maik ya estaban allí cuando llegó Sardine. Se hallaban entre los árboles, entregados el uno al otro y ajenos a cuanto ocurría a su alrededor. Wilma no había ido. Ya se lo había anticipado a las demás Gallinas Locas en el colegio: «Ya sabéis que a mí no me van las fiestas —había murmurado—, y Torte pone la música tan alta que es imposible mantener una conversación inteligente.»

Sardine comprendía perfectamente su decisión, pero dudaba de que Leonie opinara lo mismo. Durante la fiesta casi no se despegó de Steve, que era quien la había invitado; probablemente estuvieran hablando de la representación. Steve hacía aspavientos con las manos y componía muecas —la colección de caras de Steve era mayor aún que la de camisetas de Melanie— y hacía reír a Leonie todo el rato, pero a pesar de todo se la veía triste. Una y otra vez buscaba a su alrededor con la mirada, como si albergara la esperanza de que Wilma pudiera aparecer en algún momento.

Cuando Fred sacó a Sardine a bailar, Trude se fue con Steve y con Leonie. Junto a ellos se encontraban los familiares griegos de Steve: dos chicos un par de años mayores que él. «Digamos que son mis primos y ya está —ha-

bía dicho Steve—. El parentesco es bastante más complicado, pero primos es más fácil. Y el inglés que hablan no es peor que el nuestro, así que no te preocupes.»

Melanie llegó bastante tarde y apareció acompañada de cuatro de sus amigos del último curso. Al ver que coqueteaba exageradamente a diestro y siniestro, Sardine intentó evitar por todos los medios mirar en esa dirección.

—¿Dónde está Willi? —le preguntó a Fred en un momento dado, cuando Torte empezó por fin a pinchar música un poco más tranquila. La novia de Torte se había pasado todo el rato sentada al lado de su chico, observándolo con admiración, pero Sardine había sorprendido a Torte en más de una ocasión siguiendo a Frida y a Maik con la mirada.

—¿Willi? —Fred se enroscó un mechón de pelo anaranjado en el dedo—. Creo que está arriba, en la cabaña. Le he dicho que, si no le importaba, subiera ahí si quería enrollarse con Nana. Para que Meli no monte ningún espectáculo.

A Sardine le pareció todo un detalle que Willi hubiera accedido a esconderse en la cabaña, pero cuanto más observaba a los chicos que Melanie había llevado a la fiesta, más convencida estaba de que la bronca caería seguro.

—¿Era necesario que se trajera a la fiesta nada menos que a cuatro tíos de ésos? —le preguntó Fred por lo bajo a Sardine. Al parecer los dos estaban pensando lo mismo, algo que cada vez ocurría más a menudo—. Esos tíos tienen fama de ir por ahí buscando pelea. Y nadie los ha invitado a venir, a ninguno.

—¡Yo no sabía que pensaba traerlos! —le respondió Sardine al oído, y no mentía. En los últimos días ninguna

de las Gallinas había cruzado con Melanie más de dos o tres frases.

—Bueno, qué le vamos a hacer —suspiró Fred sin apartar la vista de los nuevos amigos de Melanie.

Los Pigmeos sólo tenían cerveza y una especie de ponche de color verde chillón que sabía más a limonada que a alcohol, pero a Sardine le daba la impresión de que los amigos de Melanie estaban bastante borrachos. Aunque era más que probable que no hubieran llegado a la fiesta muy sobrios.

La pelea empezó más o menos a las nueve y media. Hasta entonces la fiesta había sido verdaderamente agradable. Todos se lo habían pasado bien, hasta Trude, que había llegado convencida de que lo único que iba a hacer era ponerse morada de comer. Primero bailó un rato con Steve, luego con uno de los chicos de la otra clase a los que los Pigmeos habían invitado porque jugaban juntos al fútbol de vez en cuando, y al final con el primo menor de Steve.

Sardine no acababa de entender cómo se las arreglaba —por lo que llegaba a sus oídos, el chico hablaba la mayor parte del tiempo en griego, y Trude desde luego no debía de estar entendiendo ni una palabra—, pero la hacía reír. Trude no parecía tan contenta desde hacía mucho tiempo. Bailaban cada vez más pegados y, en un momento dado, empezaron a besarse. El chico era de la misma altura que Trude y, cuando uno de los amigos de Melanie comenzó a meterse con él y lo apartó de un empujón, no pudo defenderse.

Al principio nadie se percató de lo que sucedía; el volumen de la música volvía a ser atronador. Y hasta que el primo de Steve no se vio acorralado por aquellos cuatro

matones, que comenzaron a zarandearlo y empujarlo, nadie se enteró de nada. Trude intentó interceder, pero la apartaron de un empujón, y el otro primo de Steve tampoco llegó muy lejos.

—¡Torte, quita la música! —bramó Fred mientras intentaba abrirse paso entre las parejas que no se habían percatado de nada y continuaban bailando. Sardine intentó seguirlo, pero era casi imposible no perderlo de vista entre la multitud. Torte, por lo visto, no había oído a Fred, porque seguía a lo suyo: flanqueado por los dos gigantescos altavoces, sonreía a su chica y revolvía los cedés apilados sobre su mesa de *deejay*.

—¡Willi! —gritó Fred—. ¡Willi, baja! ¡Hay pelea!

Willi. Si había un Pigmeo que pudiera medirse con los amigos de Meli, ése era Willi. Y por suerte había oído a Fred. Asomó la cabeza por detrás de la plataforma y al cabo de un instante ya estaba deslizándose por la escalera.

El primo de Steve seguía recibiendo puñetazos de unos y de otros, como si fuera un saco de boxeo. Steve intentó ayudarlo y acabó mordiendo el polvo. Fred estuvo a punto de tropezar con él cuando se abalanzó sobre los gigantes. Sí, a Sardine le parecían gigantes, y eso que Fred no era ni mucho menos esmirriado.

De pronto se detuvo la música. Torte al fin se había enterado. A Sardine le latía el corazón a mil por hora mientras trataba de alcanzar a Fred. ¿Qué hacían todos allí parados como pasmarotes? ¿Por qué nadie movía un dedo? Logró hacerse un hueco entre dos chicos de su clase, y justo en ese momento vio que un amigo de Meli golpeaba a Fred en la cara. Comenzó a sangrarle la nariz, retrocedió tambaleándose... y volvió a abalanzarse sobre el mismo energúmeno, que no estaba solo. Mientras otros

dos seguían aporreando al primo de Steve, un tercero fue a por Fred. Sardine se interpuso en su camino e intentó retenerlo, pero él la apartó de un manotazo.

Entonces por fin apareció Willi. Primero levantó por la solapa al que había agarrado a Fred por detrás, lo tumbó de un puñetazo y fue a por el siguiente, iracundo y fuera de sí como un perro rabioso. De pronto Steve volvió a ponerse en pie; Torte salió disparado y se plantó allí, bufando como un toro; Frida apareció con Maik, e incluso algunos de los que hasta ese momento se habían limitado a mirar con la boca abierta también se unieron a la refriega.

A pesar de todo, antes de irse los amigos de Melanie lograron descalabrar a unos cuantos, retorcerle el brazo a Willi, arrojar a Torte a los cardos y tirar el equipo de música y la mesa de la comida al suelo. Cuando se marcharon, intentaron llevarse a Melanie, pero ella luchó con uñas y dientes hasta que finalmente la soltaron, entre risas, y desaparecieron entre los árboles, aunque no sin antes arrancar algunas de las luces.

Fred tenía un aspecto terrible, peor que ninguno de los otros.

—¡Golpes y arañazos por todas partes! Como los coches: ¡siniestro total! —exclamó Willi, que apenas podía mover el brazo.

Su novia quería llevarlo al hospital, y a Fred también, pero ambos se negaron, igual que el primo de Steve, que estaba sentado en el suelo entre Trude y Steve, con la espalda apoyada en un árbol, soltando palabrotas en griego.

—¡Le han dado una paliza porque no hablaba nuestro idioma! —sollozó Trude—. Le han dicho que me quitara las manos de encima.

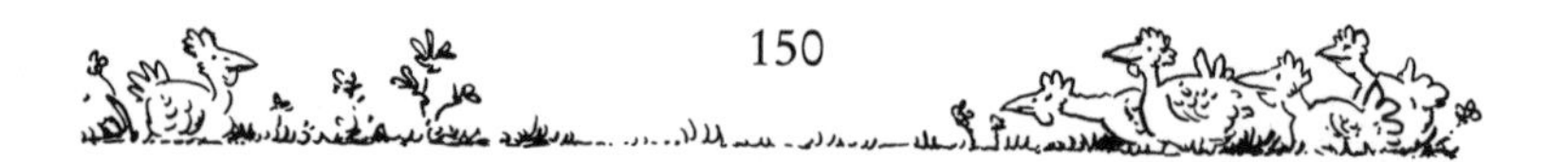

—Nosotros no los hemos invitado, ¡os lo prometo! —exclamó Steve, indignado—. Jamás invitaríamos a unos idiotas como ésos. Todo el mundo sabe que son unos cerdos.

Prácticamente todos se volvieron hacia Melanie, que estaba allí de pie, inmóvil. Miró la cara ensangrentada de Fred y el cuerpo magullado del primo pequeño de Steve, se mordió los labios y rompió a llorar sin decir una sola palabra. Las lágrimas le resbalaban por las mejillas. Luego dio media vuelta y se marchó tambaleándose sobre los altos zapatos de tacón, que a cada paso se incrustaban en el fangoso suelo del bosque.

—¡Eh, Meli, espera! —exclamó Frida tras ella—. No puedes cruzar el bosque de noche tú sola.

Pero Melanie no se volvió. Entonces Willi salió disparado.

—¡Ahora vuelvo! —le dijo a su novia, y echó a correr detrás de Melanie.

Su novia se quedó allí plantada, los siguió con la mirada sin dar crédito a sus ojos y luego se encogió de hombros.

—Bueno, yo me largo —le dijo a Fred—. Está claro que la fiesta se ha acabado. ¿Alguien quiere que lo lleve? He venido en coche.

La novia de Torte y tres chicas de la clase de Sardine aceptaron la oferta agradecidas. Y ellas no fueron las únicas que se marcharon. Aunque el equipo de música todavía funcionaba y la comida no se había ensuciado de barro, ya nadie estaba de humor para fiestas. Unos y otros fueron adentrándose en el bosque hasta que al final sólo quedaron tres Gallinas Locas, tres Pigmeos, Maik y los primos de Steve.

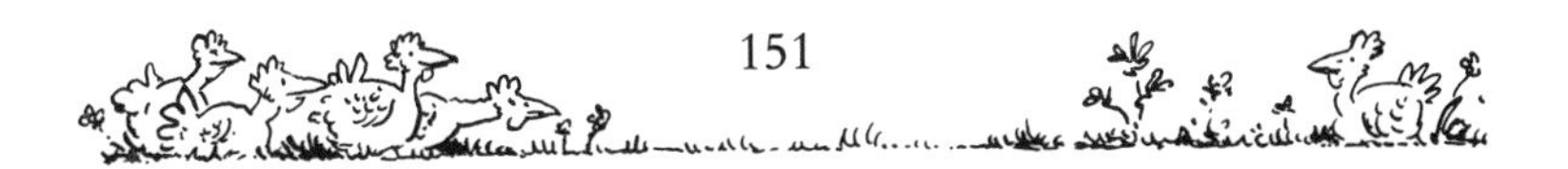

—¡Para que luego digáis! ¡Os lo advertí! —gritó Steve mientras ayudaba a su primo a incorporarse—. ¡Las cartas no mienten! Tendríamos que haber aplazado la fiesta, pero claro, ¡como a mí nadie me hace caso!

—Ya vale, Steve, cállate. ¿Quién te dice que esos energúmenos malas bestias no habrían venido si hubiéramos celebrado la fiesta una semana más tarde? —señaló Fred, más que cansado de todo. Al ponerse de pie comenzó a tambalearse; la brecha que le habían abierto en la frente tenía muy mal aspecto.

—¡A lo mejor no es ninguna tontería lo de acercarse al hospital! —insinuó Sardine mientras lo rodeaba con el brazo para ayudarlo a sostenerse.

—¡Ni hablar! —gruñó Fred—. Estoy bien. Mañana me levantaré como nuevo.

—A lo mejor tu madre puede venir a recogernos —le sugirió Frida a Sardine— en ese taxi tan grande que lleva al trabajo algunos días. Steve tiene un móvil y podríamos llamarla desde aquí. ¿O esta noche no está trabajando?

—No, esta noche había quedado para salir con mi padre —contestó Sardine.

La respuesta los dejó a todos mudos.

—¡Ni se os ocurra preguntar! —advirtió Sardine levantando las manos para anticiparse a cualquier posible reacción—. No pienso hacer ni un solo comentario, ¡ni uno!

Pero Trude no pudo contenerse.

—¿Con tu padre? —tartamudeó—. ¿Ha salido con tu padre? Sí, ya lo sé, pero...

Steve le tapó la boca.

—¿No lo has oído? La jefa de las Gallinas no piensa hacer ni un comentario al respecto —le susurró a Trude al

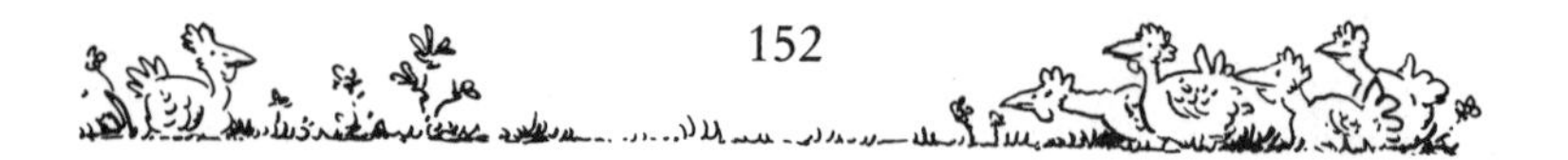

oído—. Pero, si quieres, luego lo consulto con mis cartas e intentamos sacar algo en claro.

Sardine no logró contener una carcajada.

—Mis padres tampoco están —anunció Fred—. Otra vez lo mismo, ¡qué asco! No nos queda más remedio que cruzar el bosque como podamos y luego coger las bicis.

Sardine lo miró preocupada. Con la cara tan ensangrentada no parecía estar en condiciones de montar en bici. ¡Si apenas se tenía en pie!

—Torte, ¡apaga la luz! —bramó Fred, y Torte salió disparado. Al parecer Fred se sentía con fuerzas suficientes para seguir ejerciendo de jefe, pese a tener una brecha en la frente, la nariz ensangrentada y un ojo morado.

Torte trepó veloz como un mono por las escaleras. Al extinguirse la iluminación de la fiesta (Sardine no tenía ni la más remota idea de cómo habían conseguido llevar la electricidad hasta allí, pero estaba demasiado cansada para preguntar), el bosque quedó sumido en la oscuridad, y apenas llegaban a distinguirse las caras mutuamente.

—¿Sabéis qué os digo? ¡Marchaos vosotros! —les dijo Sardine a los demás—. Yo me voy con Fred a la caravana, que está mucho más cerca. Y que Steve llame a mi casa desde el móvil y le deje un mensaje en el contestador a mi madre pidiéndole que venga a recogernos en cuanto llegue.

—¡Oh, la caravana! ¡Qué romántico! —se burló Torte, pero la mirada fulminante de Fred bastó para cerrarle el pico.

—Lo de la llamada está hecho —señaló Steve, y se llevó la mano al bolsillo del abrigo dándose aires de importancia—. ¿Alguien más necesita llamar?

Los demás negaron con la cabeza.

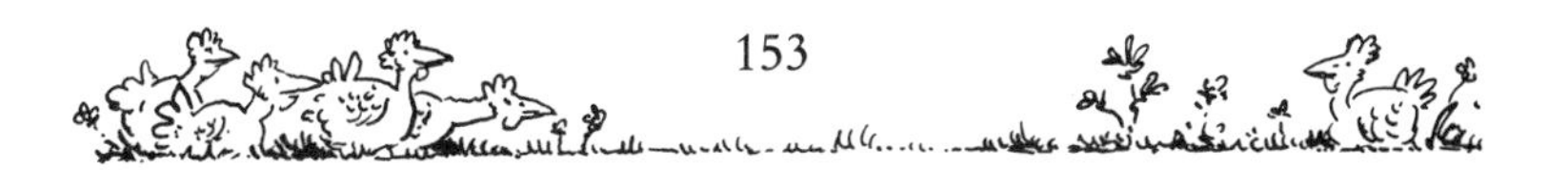

Emprendieron todos juntos el camino hacia la carretera. Al ser tantos, en ningún momento les inquietó la oscuridad de la noche, aunque iban chocando todo el rato con las ramas y los tropezones con las raíces eran constantes.

Acompañaron a Sardine y a Fred hasta la caravana de las Gallinas Locas y luego siguieron su camino. Cuando los otros debían de estar al final de la carretera, Sardine todavía los oía reírse.

La hierba ya estaba húmeda por el rocío cuando Fred y ella cruzaron el prado a paso lento. En cuanto se extinguieron las voces de los demás, un silencio sepulcral les llenó los oídos. En la caravana hacía calor. Además, había colchas y almohadas suficientes, y el colchón era muy grande, pues cabían hasta cinco Gallinas Locas.

—La verdad es que Torte tiene razón —comentó Fred al acurrucarse bajo la colcha, mientras Sardine preparaba una infusión—. Este lugar es de lo más romántico. ¿Por qué no habíamos venido antes?

—Porque mi madre no nos habría dejado —respondió Sardine, y sacó dos tazas del armario.

—Ya, ¿y hoy sí nos ha dejado?

—Hoy no está —repuso Sardine sin más—. Además, en estas condiciones no podías coger la bici.

—Sí, tienes razón. —Fred se colocó una almohada debajo de la cabeza y soltó un suspiro de placer—. A veces lo de ser un héroe malherido tiene sus ventajas.

»¿Sabes una cosa? —añadió cuando Sardine se acurrucó bajo la colcha junto a él—. A lo mejor a Steve se le olvida llamar a tu madre. Como está en la inopia...

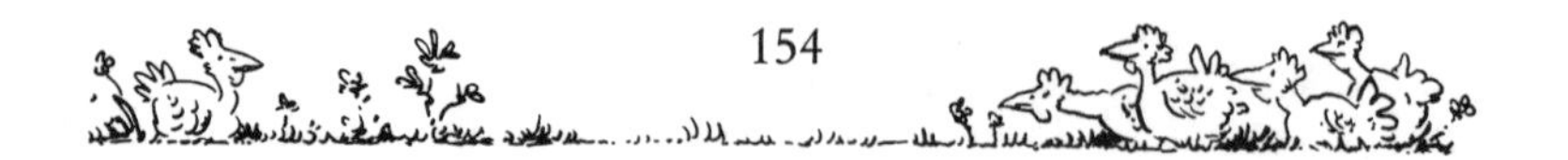

Steve no se había olvidado de llamar, pero ya era medianoche, la madre de Sardine no había aparecido y Sardine no podía dormir. No era el caso de Fred, que se había quedado profundamente dormido, como si la fiesta de los Pigmeos hubiera acabado de la manera más pacífica posible. O tal vez podía dormir porque estaba satisfecho consigo mismo. Después de todo, se había comportado como un auténtico héroe. O al menos así lo veía Sardine. Estaba muy orgullosa de él, aunque jamás lo habría admitido, tan orgullosa que le acariciaba sin cesar el pelo pelirrojo mientras contemplaba la noche por la ventana trasera de la caravana, sin poder conciliar el sueño.

¿Por qué su madre no había llegado todavía?

No es que Sardine tuviera ganas de irse a casa... No, al contrario, no le habría importado que esa noche durara para siempre; después de todo el jaleo se sentía serena y tranquila. Horas, o mejor dicho, días enteros habría podido pasarse Sardine allí sentada, con la colcha sobre los hombros, mientras Fred dormía a su lado, si no hubiera

sido porque... porque sabía con quién estaba su madre esa noche.

¿Cómo era posible que no hubiera vuelto todavía?

—¿Qué pasa? —Fred se incorporó y se frotó los ojos, adormilado.

—No puedo dormir —murmuró Sardine—. No puedo dejar de pensar en mi madre.

—¿En tu madre? Ah, ya. Porque esta noche ha salido con tu padre. Ya entiendo. —Fred se dejó caer de nuevo sobre la cama con un suspiro—. Te preguntas qué estarán haciendo tanto rato los dos solos...

Sardine le asestó un codazo con rabia.

—¡Ay! ¡Ten cuidado! —se quejó Fred, apartándose de ella—. Estás tratando con un herido.

Sardine se abrazó las piernas y apoyó la barbilla sobre las rodillas desnudas.

—¡Ya son las doce! —murmuró.

Fred se sentó en la cama y se palpó la frente. Sardine se la había tapado con una gasa inmensa.

—No sé por qué le das tantas vueltas —afirmó—. Al fin y al cabo es tu padre. Y Frida dice que parece simpático.

—¡Pues no lo es!

—¡A lo mejor ahora sí! Trece años es mucho tiempo. A lo mejor no encajó bien lo de tener un hijo, o sea que...

—¿Que no lo encajó? ¿Y cómo crees que lo encajó mi madre? ¡Tuvo que ocuparse de mí y ganar dinero! ¡Nunca podía ir a ninguna parte porque tenía que quedarse conmigo! Algunos días llegaba tan cansada que se quedaba dormida en la mesa de la cocina. Y mientras tanto, mi padre viajaba por el mundo fotografiando pirámides, osos pardos o vete a saber qué. Y yo tenía que irme a casa de mi

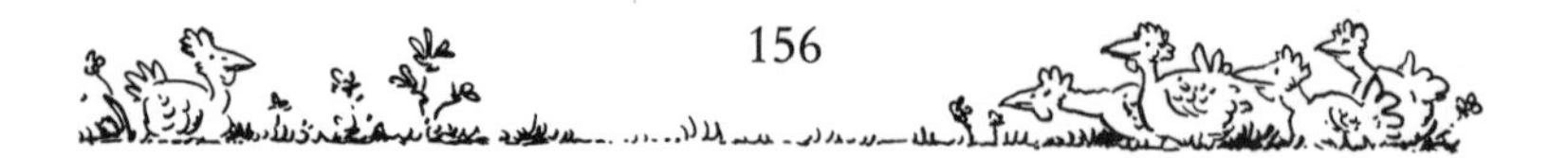

abuela porque no había nadie más para cuidarme mientras mamá trabajaba. ¡Así que a mí no me parece tan simpático! ¡Y nunca lo será! Aunque a los demás se lo parezca.

Sardine se calló de repente. Le había parecido oír pasos en las escaleras de la caravana.

—¿Sardine? —Era la voz de su madre.

¡Casi la una! Nadie tarda tanto en cenar.

Sardine había sacado ya una pierna de la cama para ir a abrir la puerta, pero se lo pensó mejor.

—¡Está abierto! —exclamó, y se tapó con la colcha hasta la barbilla.

—Eh, ¿qué estás haciendo? —le preguntó Fred por lo bajo, alarmado—. Deberíamos vestirnos. Si no, se imaginará cualquier cosa.

Pero Sardine lo agarró por el brazo, y justo en ese instante su madre asomó la cabeza por la puerta de la caravana. Miró fijamente a Fred, luego a Sardine y abrió la boca para decir algo, pero Sardine se le adelantó.

—¿Éstas son horas? —espetó—. Creí que sólo ibas a cenar con él.

—¡Y hemos estado cenando! —Su madre cerró la puerta al entrar.

—Hola, señora Slättberg. —Fred saltó a toda prisa por encima de Sardine y cogió sus pantalones.

—¡Hola! —murmuró la madre de Sardine, y entonces reparó en el vendaje de la frente de Fred. Y en el labio herido. Le examinó detenidamente la cara, y exclamó escandalizada—: ¡Por todos los santos! ¡Mira cómo estás! ¿Qué ha pasado?

Sardine prescindió de la cara de preocupación de su madre y Fred se puso la chaqueta de cuero encima de la camiseta.

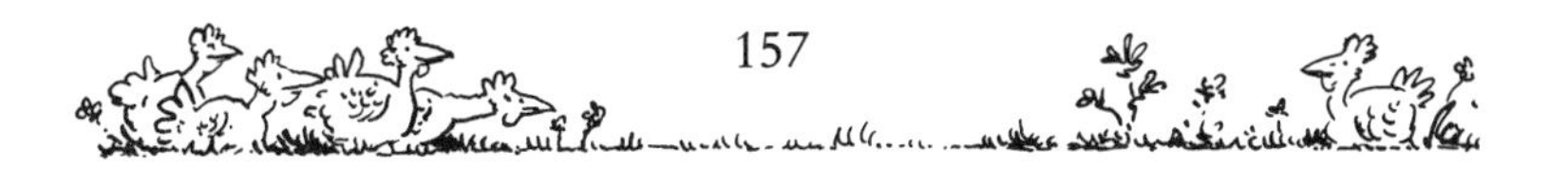

—Ya, es que se ha armado un poco de lío en la fiesta —explicó—. Un grupo de energúmenos, que han empezado a pegar a los primos griegos de Steve.

—Sí, y Fred los ha defendido. Y eso que le sacaban más de una cabeza. —Sardine se dio cuenta de que el orgullo con el que hablaba sonaba ridículo—. Y después caminaba medio cojo, así que, claro, ¿cómo iba a montar en bici? Fred, pásame la ropa. —Sardine retiró la colcha y cogió los pantalones al vuelo.

Su madre seguía mirándola fijamente con la boca abierta.

—¡No me mires así! —le espetó Sardine—. Y no me vengas con la pregunta de qué estábamos haciendo. ¡Yo tampoco te lo pregunto a ti!

—Mira... eso sí que... —Su madre inspiró profundamente y se volvió hacia Fred como si esperara que él pudiera ayudarla, pero el muchacho tenía los cinco sentidos puestos en atarse los cordones de los zapatos, como si ello requiriese un altísimo nivel de concentración.

—¡Reconócelo! —le gritó Sardine a su madre—. ¡Sigues enamorada de él! ¡Y has dejado al pobre Sabelotodo en la cocina, ahogando sus penas en café! ¡Y encima me toca consolarlo a mí!

Fred abordó a Sardine por detrás y apoyó las manos sobre sus hombros.

—Eh, Gallina, cálmate —le susurró en voz baja—. El Sabelotodo sabe cuidar de sí mismo.

Pero Sardine lo apartó.

—¡Sólo hemos ido a cenar! —se justificó su madre—. ¡Y hemos estado hablando! Cuando uno lleva trece años sin verse, tiene bastantes cosas de que hablar. ¿Tan difícil te resulta entenderlo?

Sardine apretó los labios y le dio la espalda a su madre. Sin decir una sola palabra, se calzó las botas.

—¡Además, se marcha dentro de nada! —agregó su madre—. El lunes, para ser exactos.

—¡Pues mejor! —murmuró Sardine, y le puso la llave de la caravana a Fred en la palma de la mano—. ¡Toma, cierra tú! —Luego pasó muy decidida entre los dos y abrió la puerta. Necesitaba tomar un poco el aire, ya no podía más.

—¡Te llamo! —le dijo a Fred cuando lo dejaron en la puerta de su casa. Y le dio un beso de despedida muy, pero que muy largo.

—¡Geraldine, deja de mirarme con esa cara! —le suplicó irritada su madre cuando subió al coche de nuevo—. Vamos a hablar de esto, ¿de acuerdo?

Pero Sardine le volvió la espalda.

—Estoy rendida —respondió, y no dijo nada más hasta que llegaron a casa.

El sábado, la madre de Sardine no fue a trabajar. Lo que hizo fue llamar al Sabelotodo y decirle que tenían que hablar largo y tendido sobre la boda. Él pasó a recogerla a mediodía. Se fueron al italiano de la esquina y estuvieron allí dos horas; después la madre de Sardine regresó sola a casa.

En aquel momento Sardine estaba sentada en la cocina con Fred, que había mejorado bastante, aunque aún le quedaban algunas zonas de color morado amarillento en la cara, y el apósito que le cubría la frente era de cierto tamaño.

La madre de Sardine se sentó con ellos a la mesa y se llevó las manos a la cara.

—¿Te preparo un café? —preguntó Sardine.

—¡La verdad es que no me vendría mal! —murmuró su madre. Sacó del armario de la cocina el paquete de tabaco que tenía escondido allí, lo miró fijamente durante un instante y al final lo tiró al cubo de la basura. Luego volvió a sentarse a la mesa.

—¡Yo ya me iba! —anunció Fred, e hizo ademán de levantarse, pero la madre de Sardine lo retuvo.

—¡No, no te preocupes! —exclamó—. Ya le he fasti-

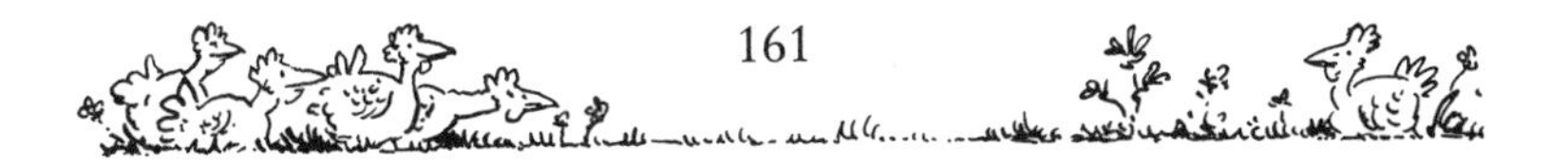

diado el día a una persona. Es más que suficiente por hoy. Además, como te vayas por mi culpa, mi hija no volverá a dirigirme la palabra. Y lo que tengo que decirle a Sardine lo puedes oír tú también.

—¿Lo que tienes que decirme? —Sardine rellenó el filtro de café y lo colocó sobre la jarra, pero casi se olvida de echar agua en la cafetera.

—¡He suspendido la boda! —La madre cogió una de las galletas que Sardine había dejado sobre la mesa, la observó como si no hubiera visto una galleta en su vida, y luego volvió a dejarla en la fuente—. ¡Dios mío! —se lamentó—. He visto eso en miles de películas, pero nunca pensé que un día yo también lo haría... —Sacudió la cabeza y clavó una lánguida mirada en la mesa.

—¡Pobre Sabelotodo! —murmuró Fred—. Se ha quedado sin boda. Qué duro.

—Entonces, ¿has cortado con él? —Sardine miró a su madre con incredulidad—. ¿Así, de un día para otro?

Su madre levantó la vista ofendida.

—¡Claro que no! ¡Sólo le he dicho que no quiero casarme! Y que a lo mejor deberíamos dejar lo de vivir juntos para más adelante.

—¿Y?

—Dice que de momento necesita tiempo para asimilarlo. —Su madre volvió a cubrirse la cara con las manos.

Sardine dejó el café y una taza sobre la mesa y se sentó junto a Fred. «¿Qué va a decir ahora? —se preguntaba, y no podía pensar en otra cosa—: ¿Qué va a decir?»

—Ayer tu padre se dejó el abrigo en el taxi —murmuró su madre sin destaparse la cara—. Dentro de un rato voy a ir a devolvérselo y me gustaría que me acompañaras.

Sardine se mordió los labios. Evidentemente.

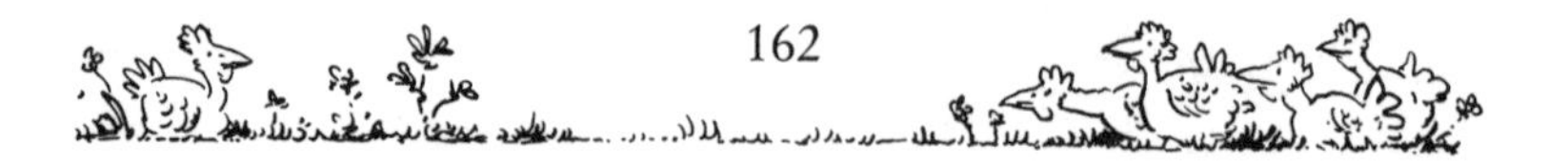

—¡Qué casualidad! —murmuró.

En ese instante su madre se destapó la cara.

—¡Hacía calor y se le olvidó en el coche! ¡Por todos los santos! ¡No he cancelado la boda para empezar una historia con tu padre, si eso es lo que estás pensando! Pero estoy contenta de haber podido hablar con él, ¿no lo entiendes? De haber podido hablar de todos estos años, de toda la rabia acumulada, de...

—¿De cómo se te acelera el corazón cada vez que lo ves?

—¡No, maldita sea! Da igual, déjalo, piensa lo que quieras. Eres igual de cabezota que él.

—¡No es verdad!

—Desde luego que sí.

—No es verdad. No soy igual que él, ¡ni en eso ni en nada!

Su madre le dio un sorbo al café.

—Eres igual que él en muchas cosas —afirmó en voz baja sin mirar a Sardine—. Te lo creas o no. Bueno, ¿vendrás esta tarde o no?

—Sí, claro que irá —respondió Fred antes de que Sardine pudiera abrir la boca.

—¡Que no voy a ir! —Sardine se volvió hacia él totalmente furibunda.

—Sí, sí que irás —insistió él—. Y luego nos vamos al cine. La peli la escoges tú, pero que no sea de mucha risa, que al reírme me duele todo. —Y acto seguido le dirigió una amplia sonrisa, aunque más torcida de lo normal porque todavía tenía el labio inferior hinchado.

La madre de Sardine cogió su café y se levantó.

—¡Gracias! —le dijo a Fred—. Acabas de ganar muchos puntos.

Y se marchó a su habitación.

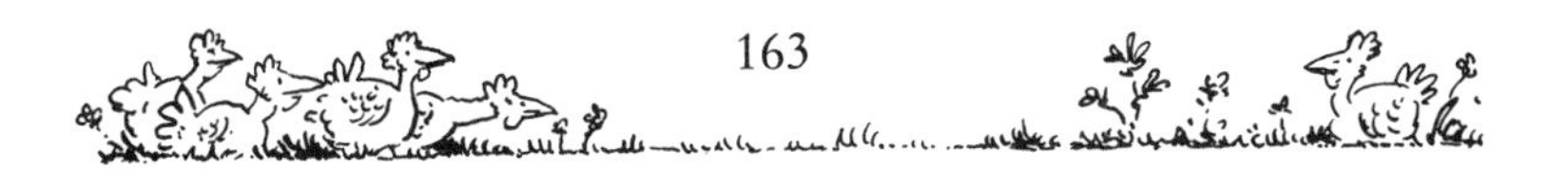

El padre de Sardine vivía en el otro extremo de la ciudad, en el cuarto piso de un edificio viejo, en una buhardilla. Al ver la cara de sorpresa que puso al abrir la puerta, Sardine comprendió que su madre no lo había avisado. En el pasillo había dos maletas y una bolsa.

—Gracias —dijo cuando la madre de Sardine le entregó el abrigo—. Podría haber ido a recogerlo yo. Adelante.

—Ah, no te preocupes, pasábamos por aquí por casualidad —respondió su madre al entrar.

Menuda trola.

Sardine siguió a su madre hacia el interior, pero de muy mala gana.

Mientras sus padres intercambiaban inofensivos cumplidos de compromiso, ella echó un vistazo disimuladamente a su alrededor. El piso parecía grande, mucho más grande que el de su madre, pero saltaba a la vista que el padre de Sardine no pasaba mucho tiempo en casa. Todo estaba como sin usar, como vacío. Sólo había fotos, muchas fotos, todas las paredes blancas estaban cubiertas de fotos: las había grandes y pequeñas, alargadas y cuadra-

das, y casi todas en blanco y negro. Y luego también había estatuas.

Unas cuantas decoraban el pasillo, pero la mayoría de ellas se hallaban en la habitación que el padre de Sardine debía de utilizar de salón. Al menos había un sofá dentro, junto a una alfombra sobre la que se apilaban libros y revistas. Las figuras estaban colocadas a lo largo de la pared, unas al lado de otras, como en fila india; algunas eran poco más grandes que una botella, pero la mayor parte tenían casi el tamaño de un niño. Las había de madera, de piedra, de alambre, con formas de animales, de humanos, de monstruos, de ángeles... Sardine se habría parado a contemplarlas con detenimiento, igual que las fotos, si allí hubiera vivido otra persona. Pero era su padre el que vivía allí. Aquélla era la vida de su padre, y ella no tenía ningún interés en contemplar todo aquello, ni siquiera en echarle un vistazo.

Aunque al final acabó haciéndolo.

¿Qué otra cosa iba a hacer, mientras los dos adultos estaban en la cocina tomándose un té? ¡Un té! ¡Pero si su madre jamás bebía té! ¿Iba a sentarse con ellos como le había sugerido su madre que hiciera? No, gracias, pero no.

A Sardine le gustaron las fotos. Algunas incluso le gustaron mucho. Pero las estatuas la fascinaron. Y eso que las había bastante desagradables, con esas caras deformes enseñando los dientes. Las muecas le habrían encantado a Fred, pensó Sardine, mientras acariciaba los rostros de madera de las figuras. En un principio le daba cierto reparo tocarlas (al fin y al cabo, en los museos está prohibido), pero luego se atrevió. «¡Siempre tienes que tocarlo todo! —solía decirle Fred—. Como si no te convencieras de que las cosas son de verdad hasta que no lo compruebas

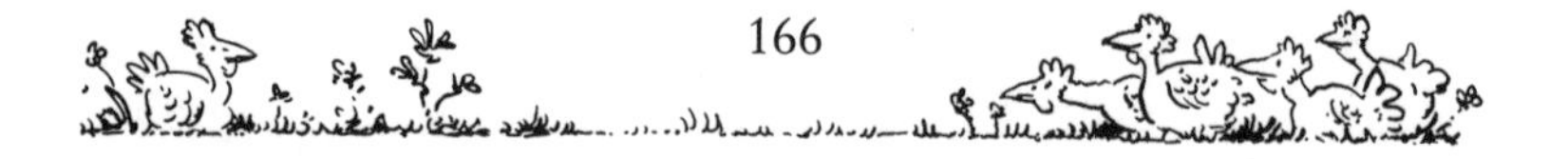

con las manos.» A lo mejor tenía razón. A Sardine nunca le bastaba con ver las cosas, tenía que tocarlas: los muros, las plumas de las gallinas, la corteza de los árboles, todo.

Le llamaron especialmente la atención dos de las estatuillas, dos muy delgadas y frágiles. Le llegaban casi a la altura de las caderas y tenían unas varillas unidas a los brazos para poder transportarlas.

—Son de Tailandia —explicó su padre justo cuando Sardine movía el brazo de una de las figuras.

No lo había oído llegar, y del susto que se llevó por poco tira la estatua al suelo. Su madre estaba junto a él y hacía unos esfuerzos sobrehumanos para no mirarlo.

—Son dioses, por eso la expresión de las caras es de cierta arrogancia —prosiguió su padre mientras Sardine devolvía cuidadosamente la figura a su sitio.

—Ajá —murmuró ella, y se acercó a la siguiente. Era una jirafa, tenía las patas larguiruchas, y a Sardine le parecía milagroso que se tuviera en pie—. ¿Adónde te vas el lunes? —Logró formular la pregunta con voz distante. Distante y un tanto indiferente...

—A Nueva Zelanda.

Nueva Zelanda. Trude soñaba con Nueva Zelanda. Veintiocho horas en avión.

—¿Quieres que te traiga algo?

Sardine acarició el rostro de un ángel. Era de piedra y tenía las mejillas tan regordetas como el hermano pequeño de Frida.

—Mi novio colecciona piedras.

—¿Piedras? Yo también las coleccioné en su día. —Su padre recogió una de las revistas que había sobre la alfombra y la arrojó al sofá—. Le traeré algunas.

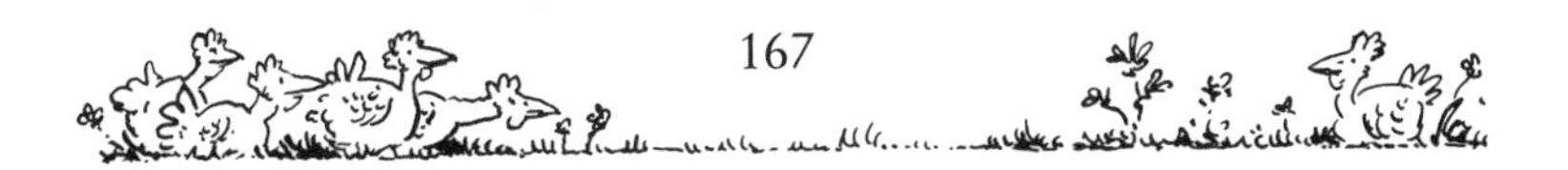

La madre de Sardine seguía de pie y contemplaba con gesto distraído las fotos de las paredes.

—Bueno... —murmuró al fin—. Nosotras nos vamos, que tú tendrás que terminar el equipaje.

—No, ya lo tengo todo preparado. —Y se dirigieron juntos hacia la puerta.

«Apenas me saca una cabeza», pensó Sardine.

—Supongo que cuando regrese —comentó su padre cuando ellas salieron al rellano— ya se habrá celebrado la boda, así que prefiero felicitarte ya. ¿O trae mala suerte?

—No habrá boda —anunció la madre de Sardine sin mirarlo—. Mándanos una postal desde Nueva Zelanda. Y vuelve sano y salvo. —Después dio media vuelta y tiró de Sardine hacia las escaleras.

Al cabo de una semana llegó una postal de Nueva Zelanda. A partir de entonces empezaron a recibir correo con regularidad: una postal, un sobre con una foto, una carta. Unas veces era para Sardine, otras para su madre.

A las cuatro semanas llegó un paquete diminuto que sólo contenía una piedra, un pequeño guijarro de algún mar lejano.

El señor Sabelotodo no dio señales de vida durante un mes y medio. Después se presentó en la puerta con un inmenso ramo de amapolas orientales, las flores favoritas de la madre de Sardine. Tres días más tarde salieron a cenar juntos. Y a los cuatro días volvieron a salir, y así una vez y otra, y otra, y otra.

No se veían tan a menudo como antes, pero aun así las revistas de coches no tardaron en volver a acumularse junto al váter. El cepillo de dientes eléctrico, sobre cuyas ventajas el Sabelotodo hacía interminables disertaciones en el desayuno, reapareció en el cuarto de baño, y, para gran alegría de Fred, también se reanudaron las clases de conducir gratuitas.

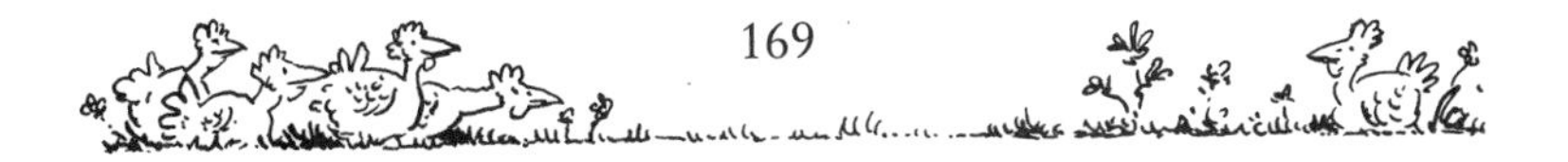

—¿Quiere decir esto que al final se vendrá a vivir con nosotras? —preguntó Sardine un día al descubrir junto a la cafetera una caja del muesli más sano del mundo («Tú también deberías comerlo más a menudo, Sardine. Es mucho mejor que el que compra tu madre»).

—No, ¿por qué lo preguntas? —respondió su madre, pero al decirlo se quedó mirando por la ventana con gesto pensativo, como si Sardine le hubiera dado una idea.

Sin embargo, algunos días su madre se sentaba en el sofá con la tele encendida y leía las cartas que su padre enviaba desde Nueva Zelanda. Y aunque se las escondía detrás de la espalda en cuanto Sardine asomaba la cabeza por la puerta, no podía engañarla. Sardine sabía que no era casualidad que su madre guardara todas las postales y las cartas de Nueva Zelanda en el cajón de su mesilla de noche. Pero entonces, ¿por qué dormía tan a menudo el Sabelotodo en esa misma cama?

—Pues está claro. Porque no quiere estar sola —le respondió Fred—. Hay un refrán para eso, mi abuelo lo dice a todas horas: «Es mejor un pájaro en la mano que ciento volando.» O algo así.

Sardine reflexionó unos instantes.

—Pues yo no me contentaría con un pájaro cualquiera —le dijo a Fred al cabo de un rato.

Ante lo cual Fred compuso una de esas sonrisas socarronas que le salían como a nadie, y exclamó:

—¿Debo deducir entonces que para ti no soy un pájaro cualquiera? ¿Y qué tipo de pájaro soy? Espero que me consideres, como mínimo, un águila real o un halcón.

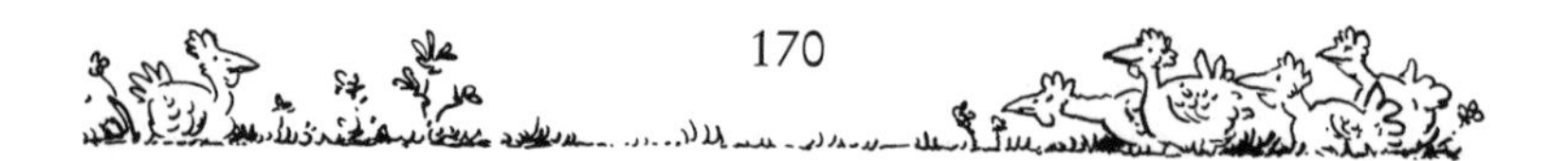

La piedra de Nueva Zelanda lucía desde hacía ya dos semanas en la estantería de Fred cuando Melanie, por primera vez desde el aniversario de las Gallinas Locas, se presentó en la caravana. Fue a pedirle perdón a Wilma, ésta aceptó las disculpas (Sardine no sabía si ella habría sido tan generosa) y Melanie volvió a colgarse del cuello la cadena con la pluma.

Cuando unos días después, en el recreo, dos chicos de la clase de al lado dijeron a Wilma cosas muy poco agradables, aparecieron cuatro Gallinas Locas a plantarles cara y se rieron a carcajadas de los comentarios groseros que tuvieron que oír por defenderla. Pero es fácil reírse cuando se es cuatro, sobre todo si se unen al grupo dos Pigmeos, cuyo valor y coraje estaba en boca de todos desde la pelea de la fiesta. Así resulta más fácil reír, y así no hacen tanto daño las maldades.

No obstante, después de ese episodio, Wilma tardó un tiempo en volver a salir al patio durante el recreo. En algún momento incluso se le pasó por la cabeza dejar el grupo de teatro, pues tenía miedo de lo que pudiera ocurrir durante las representaciones. Pero finalmente, tras unas cuantas reconfortantes reuniones con las Gallinas, se atrevió a hacerlo.

Las Gallinas Locas no le quitaron ojo a las chicas de la otra clase que, como todos sabían, eran autoras de las desagradables cartas que Wilma había encontrado en el cajón de su pupitre; Fred y Willi se sentaron justo detrás de los dos chicos que se habían metido con Wilma en el patio; y el día de la función Wilma recibió la ovación del público como todos los demás.

Leonie no tenía tanto temple. Había abandonado el grupo de teatro dos semanas antes de la representación y

sólo se veía con Wilma fuera del colegio. Al llegar el otoño, dejaron la relación, y Wilma apareció llorando a moco tendido en la caravana, lo que demostraba, como observó Trude con buen juicio, que el mal de amores no está necesariamente relacionado con los chicos.

Trude mantenía una relación por correspondencia con el primo griego de Steve desde el día de la fiesta de los Pigmeos.

—¡Le tiran los rizos morenitos! —comentó Melanie en alusión al primer gran amor de Trude, su primo Paolo.

—Estoy mejorando mi inglés —repuso Trude sin más.

Frida se había cansado de escribir cartas a Maik, pero ahora se enviaban e-mails a diario y se veían casi todos los fines de semana.

—¡No sabes la suerte que tienes! —le decía Frida a Sardine. Ella podía ir al cine con Fred cuando le apeteciera, o simplemente quedar con él en la caravana o en la guarida de los Pigmeos.

—Sí, sí que lo sé —le respondía siempre Sardine.

¿Y Melanie? Melanie quedaba bastante con Willi. «Pero no hay nada», recalcaba cada vez que las demás Gallinas le tomaban el pelo por eso. En cualquier caso, estaba de mucho mejor humor. Por eso Sardine no le contó que Fred albergaba serias sospechas de que Willi seguía saliendo con Nana. Ya se enteraría Melanie algún día...

O a lo mejor ni siquiera era verdad.

—¿Por qué le das tantas vueltas a ese asunto? —insistía Fred—. Y si es verdad, ¿qué pasa? No sería la primera vez que Willi tiene dos novias a la vez. Y siempre le ha ido de maravilla.

A eso Sardine no supo ni qué responder. Se pasó cinco días enteros sin dirigirle la palabra a Fred por haber

soltado ese comentario. Y encima —por si no había tenido bastante sufrimiento con cinco días sin Fred—, un mediodía llegó a casa del colegio y oyó desde el rellano que su madre había puesto uno de sus viejos discos. Lo cual sólo podía significar dos cosas: que tenía la moral por los suelos o que estaba dando saltos de alegría.

Cuando Sardine abrió la puerta, encontró a su madre bailando en la cocina, descalza, mientras la lluvia golpeaba el cristal de la ventana. Normalmente se ponía de mal humor cuando llovía.

Sardine lo comprendió al instante. Lo supo incluso antes de ver la postal que había sobre la mesa del salón.

Su padre estaba de vuelta.

Significara lo que significase eso.